KB017183

요즘 어른을 위한
최소한의 맞춤법

읽을수록 교양이 쌓이는 문해력 필수 어휘 70

요즘 어른을 위한 최소한의 맞춤법

가끔 맞춤법 엄청 아리까리할p.249 때 있지 않음? 나만 떡볶이와 떡뽁이p.247 헷갈리는 거 아닌 걸로 암p.162. 교양인으로써p.150 나에p.158 어휘력과 문해력이 시급한 거 같음. 그래도 엄한p.212 단어만 생각나는 걸 어떻게p.40. 사흘을 4일p.25로 쓰면 외않되p.224? 깜빡 잃어버리고p.77 틀릴 수도 있지 그렇게 몇일p.90 동안 챙피p.251 줄 일이야? 부장님한테 결제p.114 해달라고 엳주는p.80 메일 썼다가 혼구멍났음p.251. 지금 깡소주p.245 땡겨서p.246 차돌배기p.251랑 같이 먹는 중. 이제 교양인으로 환골탈퇴p.251할 거야! 그럼 책에서 뵈요p.31!

글·그림 이주윤

빅피시
BIG FISH

(차례)

PART 1 : 기초편

이 정도는 당연히 안다고 생각했겠지만…

PART 2 : 중급편

사실은 완전 다르게 알고 있었던 맞춤법 TOP 28

PART 3 : 고급편

드디어 나도 맞춤법+어휘력 만렙!

부록

(들어가는 글)

태리가 텔레비전을 봅니다. 어제와 다름없이 오늘도 그저 봅니다. 내일도 모레도 어쩌면 내년이 되어도 태리는 텔레비전을 보고 있을 것입니다. 태리의 엄마는 그런 그녀가 답답하기만 합니다. 비싼 돈 들여 대학은 뭐 하러 나왔냐고, 언제까지 이렇게 놀고먹기만 할 거냐고, 다음 달부터는 용돈을 끊어버리겠으니 구걸을 하든 알바를 하든 알아서 하라고 엄포를 놓았습니다.

엄마의 잔소리를 피해 거리로 나선 태리의 눈에서 눈물이 또르르 흘러내렸습니다.

'엄마는 아무것도 모르면서…. 난… 난 있지… 그냥 놀고 싶을 뿐이야!'

태리의 위장도 꼬르륵 따라 울었습니다. 허기를 달래면 왠지 서러움이 가실 것 같아 엽떡을 사 먹으려 했지만 주머니 속에는 먼지뿐. 하는 수 없이 집으로 돌아가려는데 떡집 문 앞에 나붙은 종이 한 장이 태리의 발걸음을 붙잡았습니다.

온실 속 화초처럼 자란 탓에 알바를 해본 적 없는 태리였습니다. 하지만 더는 물러설 곳이 없었습니다. 태리는 떡집 문을 열고 들어가 알바를 구하러 왔다고 말했습니다. 주인아주머니는 아가씨가 떡집 일을 잘할 수 있을지 모르겠다며 말끝을 흐렸습니다. 태리는 저도 모르게 주먹을 불끈 쥐고서 이 한 몸 떡이 될 때까지 열심히 일할 자신이 있노라 외쳤습니다.

젊은이다운 패기에 마음이 활짝 열린 주인아주머니가 태리의 목에 합격 앞치마를 걸어주었습니다. 두근두근 태리의 사회생활이 시작되었습니다.

주문하신 떡 나오셨습니다.
결재 올릴 때 맞춤법 틀리지 마!
어따 대고 일해라 절해라야? 곧 되사하니까 몇 일만 참자!
어떡해 하면 유튜버로써 성공할 수 있을까? 심난하다, 심난해.
떡 슬라임을 만들어 볼께요. 아니, 볼게요!
이제 나도 맞춤법 천재!
ㅁ ㅊ ㅂ

PART 1 :

기초편

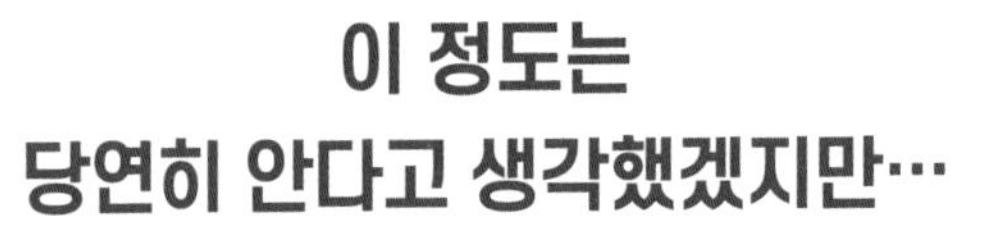
이 정도는
당연히 안다고 생각했겠지만…

01

왠

여러분은 자신이 맞춤법을 모른다고 여기시겠지만 절대로 그렇지 않습니다. 웨냐고요? 왜냐하면 여러분은 조금 전 문장에서 잘못된 부분을 대번에 찾아낼 수 있는 능력을 지녔기 때문입니다. '물어볼 때는 웨가 아니라 왜라고 해야지!' 하고 생각한 당신. 맞춤법 천재가 될 떡잎을 지니고 계십니다.

웬과 왠 중 어떤 것을 써야 할지 헷갈릴 때도 위의 맥락을 놓치지만 않는다면 어렵지 않게 구분할 수 있습니다. 내가 말하려는 문장이 궁금증을 포함하고 있다면 '왜'와 비슷하게 생긴 '왠'을, 그렇지 않다면 '웬'을 사용하면 되거든요. 그럼 어디 한번 확인해 볼까요?

주인아주머니에게 알바비와 가래떡을 받은 태리가 "**왠** 떡이야!" 하고 외쳤는데요. 자신에게 왜 돈과 떡을 주었는지 궁금해하는 상황인가요? 아니죠. 뜻밖의 횡재에 기뻐하고 있죠. 그러므로 "**웬** 떡이야!"라고 써야 옳겠습니다. "**웬**일이야! **웬**만큼 귀찮게 하세요! **웬**만하면 제발 좀 사라져 주시죠!" 역시 궁금해하는 상황이 아니기 때문에 **웬**으로 써야 하고요.

알바비를 받은 태리는 엽떡을 사 먹을 것입니다. 허기를 달래면 왠지 서러움이 가실 것 같다고 했으니까요. 왠지와 궁금증이 별 관련 없다고 느낄 수도 있겠습니다만, '왜 그런지 모르게 → 왜 그런지 → 왜인지' 순서대로 줄어들어 왠지라는 단어가 탄생했다는 기원을 안다면 생각이 조금 바뀌시려나요?

왠과 관련된 다른 예문은 보여드리지 않겠습니다. 왜냐하면 왠지 말고는 왠이 들어가는 단어가 없거든요.

아, 됐고! 한 줄 요약 없어요? 외치는 분들이 계실 것으로 압니다. 아이고, 여부가 있겠습니까. 지금 당장 대령하겠습니다. **왠지 빼고는 다 웬으로 씀!**

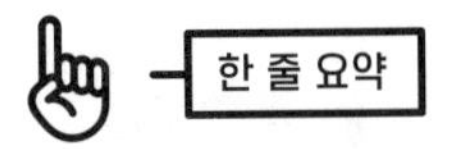

왠지 빼고는 다 웬으로 쓰기!

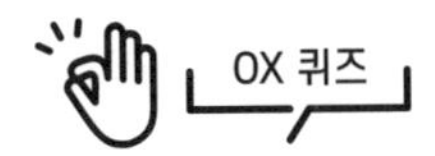

- 어머나, 이게 웬 가래떡이야? (   )
- 가래떡만 가져온 게 아니라 알바비도 가져왔지! 이제 왠만하면 용돈 달라는 말 안 할게. (   )
- 우리 태리가 돈을 다 벌어오다니 왠일인가 싶네! (   )

정답 : O, X, X

02

심심한 사과

본사 공지
원재룟값 상승으로
부득이하게 공급가를
높이게 되었습니다.
점주 여러분께 심심한
사과를 드립니다.
사과하는
대도가 이래도
돼요?
눈치 챙겨
대리야.

우리나라 국민처럼 눈치를 많이 보는 종족이 또 있을까요? 정시에 퇴근하는데도 상사의 눈치를 보고, 퇴근길 지하철에서는 자리를 쟁탈하려 서로의 눈치를 보며, 술 마시고 외박이라도 할라치면 부모님의 눈치를 보곤 하잖아요. 그러나 눈치를 보며 살아온 삶이 그리 나쁘지만은 않은 것 같습니다. 하도 눈치를 본 덕에 눈치 백 단이 되었으니까요. 어떤 기술이든 백 단 정도 되면 특기 아니겠습니까.

이 특기는 글을 읽을 때 특히 유용합니다. 모르는 단어가 나오더라도 문맥을 살피며 눈치껏 이해할 수 있거든요. 하지만 태리처럼 눈치 백 단에 미처 도달하지 못한 분들도 여럿 있는 것으로 보입니다. "심심한 사과 말씀드립니다"라는 어느 업체의 사과문에 지금 장난하느냐며, 도대체 뭐가 심심하냐며, 제대로 된 사과를 하라며 노발대발하는 반응이 폭주하는 걸 보면 말입니다.

이쯤에서 눈치를 챙기고 가만히 생각해 봅시다. 사과문이란 미안한 마음을 표현하는 글입니다. 그렇다면 글쓴이가 미치지 않고서야 '아우, 심심한데 사과나 한번

해볼까?' 하며 거들먹거릴 리 없겠지요. 여러분이 아는 심심은 심심해 죽겠네의 심심밖에 없더라도 여기에서의 심심은 그 심심과는 관련이 없다는 사실을 눈치껏 유추할 줄 알아야겠습니다.

한 발짝 더 나아가 그 뜻까지 알고 있다면 더욱 좋겠지요. **심심한 사과에서의 심심은 심할 심甚, 깊을 심深 자를 사용합니다. 즉, 매우 깊은 사과라는 뜻이지요.** 사과를 전할 때 이외에도 심심한 감사, 심심한 애도, 심심한 경의 등 여러 상황에서 쓰일 수 있으니 함께 알아두기를 권하는 바입니다. 물론 지금 당장 받아들이지 못한다 해도 괜찮습니다. 언젠가 이 단어를 마주하게 된다면 여러분의 특기가 십분 발휘되어 눈치껏 이해할 수 있을 테니까요.

'심심한 사과'에서의 '심심'은 마음의 표현 정도가 매우 깊고 간절함을 뜻함!

다음 중 뜻하는 바가 나머지 것들과 거리가 먼 것은?

① 갑작스러운 공급가 상승을 이해해 주신 점주 여러분께 심심한 감사를 드립니다.

② 애써주시는 점주님들은 심심한 경의를 받아야 마땅합니다.

③ 혹시나 마음이 상하셨다면 심심한 위로의 말씀 전합니다.

④ 격려 차원에서 뮤지컬 티켓을 발송하였으니 심심한 일상에 한 줄기 활력소가 되기를 기원합니다.

정답 : ④

03

글피

중학생 시절, 아이돌 덕질을 즐겨 하던 친구가 있었습니다. 그런데도 늘 높은 성적을 유지하는 그녀에게 저는 물었지요. 덕질할 시간도 모자랄 텐데 어쩜 그리 공부를 잘하느냐고 말입니다. 그녀는 대답했습니다.

"난 가정 공부할 때는 오빠들한테 요리해 주는 생각을 하고 영어 공부할 때는 해외 공연 보러 가는 생각을 해. 그럼 머리에 쏙쏙 들어오더라?"

시간은 흘러 흘러 BTS의 시대가 도래했습니다. 모르긴 몰라도 BTS의 리더 RM은 아미들의 국어 성적을 높이는 데 일조하고 있는 듯싶습니다. 독서돌로 소문난 그는 아미들에게 책을 추천하는 것은 물론이요, 어휘력 향상에 도움이 될 만한 영상을 남기기도 했거든요. 영상의 내용을 옮겨 적어보자면 이렇습니다.

RM : 뜨거운 열기와 성원을 보내주신 아미분들께 감사드리고 우리 내일, 모레, 글피도 한번 파이팅해 봅시다!

뷔 : 아아, 글피라고 해요? 오오!

RM : 그담은 그글피.

저는 **내일, 모레 다음에는 글피가 오고 그다음은 그 글피가 온다**는 사실을 무심하게 얘기하는 RM의 모습에 덕통사고를 당하고야 말았습니다. 제가 이러한데 아미들은 오죽할까요. 아니나 다를까, RM 덕에 글피를 알았다는 아미들의 댓글이 쇄도했습니다. 우스갯소리로만 알았던 '덕질은 세상을 이롭게 한다'라는 말은 아무래도 참말이지 싶습니다.

'글피'는 모레의 다음 날!

이참에 날짜와 관련된 단어들도 함께 알아두면 좋겠습니다. 날짜를 헤아리는 순우리말과 숫자를 헤아리는 순우리말의 모양새가 얼추 비슷해 보입니다. 특히, 많이들 헷갈리는 사흘과 나흘을 눈여겨보도록 하세요.

날짜	하루	이틀	사흘	나흘	닷새
숫자	하나	둘	셋	넷	다섯
날짜	엿새	이레	여드레	아흐레	열흘
숫자	여섯	일곱	여덟	아홉	열

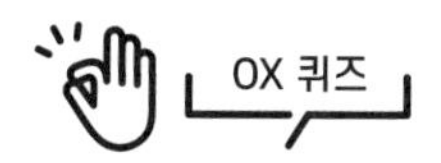

- 그럼 어린이날의 글피는 5월 8일인가요? (   )
- 오늘로부터 나흘 뒤는 그글피라고 하겠네요? (   )
- 우리가 앞으로 사흘 동안 콘서트를 하니까 내일, 모레, 글피, 그글피까지 하는 거겠군요! (   )

정답 : O, O, X

04

인절미 빙수 나오셨습니다

"사람이 먼저다"라는 말이 있습니다. 그렇습니다. 그 어떠한 경우에도 사람이 먼저여야 합니다. 길을 건너려는데 자동차가 경적을 빵빵 울려댄다면 큰소리를 뻥뻥 치세요. "차보다 사람이 먼저이니 저부터 건너가겠습니다!" 상사가 쓸데없는 야근을 시키려 한다면 자리를 힘껏 박차고 일어나세요. "일보다 사람이 먼저이니 이만 퇴근하겠습니다!" 트레이너 선생님이 식단 관리를 하라고 했지만 맛있는 음식이 당긴다면 카톡을 보내세요. "다이어트보다는 사람이 먼저이니 엽떡을 시키도록 하겠습니다!"

하지만 이상과 현실에는 괴리가 있기 마련이지요. 우리는 사람이 아닌 사물을 우선시하는 사회 속에 살고 있습니다. "할인 적용되셔서 삼천 원이세요, 화장실은 2층에 있으세요, 주문하신 인절미 빙수 나오셨습니다." 참으로 비통한 일이 아닐 수 없습니다. 어찌하여 돈과 아메리카노와 화장실을 사람보다 높일 수 있단 말입니까.

물론, 태리가 손님을 낮추려는 의도로 이러한 문장을 사용하지는 않았을 것입니다. 오히려 존대하려 높일 수 있는 말은 죄다 높이다 보니 역효과가 났을 테지요. **하지만 사람이 아닌, 사물을 높이지 않도록 주의**해야 합니다. 혹시나 일을 하면서 위와 같은 문장을 말할 일이 있다면 "할인 적용돼서 삼천 원입니다, 주문하신 아메리카노 나왔습니다, 화장실은 2층에 있어요"라고만 말해도 충분합니다.

물론, 교양이 다소 부족한 일부 사람은 올바른 문장을 쓰는 여러분을 아니꼽게 여길지도 모릅니다. '예의가 없네 어쩌네' 하는 웬 말 같지도 않은 소리를 지껄이면서 말이지요. 하지만 절대로 기죽지 마세요. 제가 여태껏 뭐라고 했지요? 그래요, 개보다는 사람이 먼저입니다. 개소리는 그냥 개무시하면 되겠습니다.

'-시'는 '사람'을 높이는 말로, '사물'에는 쓰지 않음!

다만, 듣는 이와 밀접한 관계를 맺는 신체 일부, 성품, 심리 등을 높여 상대방을 간접적으로 높이는 것은 가능합니다.

그러니까 '할아버지는 머리숱이 풍성하시다'라는 문장은 사람이 아닌 머리숱을 높이고 있어 얼핏 보기에는 틀린 것 같지만, 할아버지의 신체 일부인 머리숱을 높여 할아버지까지 간접적으로 높이고 있으므로 바른 문장이라 할 수 있겠습니다.

'선생님은 마음이 너그러우시다'는 성품을, '할머니는 낯선 장소를 불안해 하신다'는 심리를 높이고 있으니 이것들 역시 바른 문장이겠죠?

- 할아버지가 드시기에 이가 시리실 수도 있으니까 천천히 드세요. (　)

- 빙수 위에 백설기 추가되느냐고요? 죄송하지만 백설기는 품절되셨어요. (   )
- 지금 찌고 있기는 한데 나오는 데 삼십 분 정도 걸린다는 점장님의 말씀이 계셨어요. (   )

정답 : O, X, X

05

봬요와 뵈요

사장님
주말 동안 푹 쉬고
다음 주에 보자!
감사해요, 사장님!
그럼 월요일에 뵈
뵀네 뵀지 뵀더라
뵈리라 뵈는구나 뵀잖아 뵀으려나
뵈니 뵀고 뵀나 뵈면 뵈면서 뵈거나
뵈거든 뵈는데 뵈지만 뵈더라도
뵀다가도 뵀다만 뵌답시고
뵈겠네 뵈겠지 뵀겠구나
뵀겠지만 뵀더라도 뵀다면 뵀을지도
뵐수록 뵐까 뵐지 봬야 봬요 봬도 봬서
봬라 뵀다 뵀구나 뵀으니 뵀거나 뵀거든
뵀으면 뵀으면서 뵀는데
뵀지만 뵀던 뵀을지 뵀어 뵀어도
뵀어야 뵀어요 뵀더라면
뵀겠네

온라인 커뮤니티에서 '외국인이_한국어를_어려워하는_이유.jpg'라는 짤을 본 적이 있습니다. 모르네, 모르지, 모르더라, 모르리라, 모르는구나, 모르잖아, 모르려나, 모르면 등 '모르다'라는 단어가 다양하게 변형되어 한 여자를 옥죄듯 감싸고 있었는데요. 양손으로 관자놀이를 누른 채 얼빠진 표정을 짓고 있는 그녀의 모습이 몹시도 우스워 실소를 터뜨리고야 말았습니다. 한국인으로 태어나서 다행이라는 누군가의 댓글에 공감 버튼을 누르기도 했지요.

그런데 한국어 원어민인 우리조차 그녀와 같은 표정을 짓게 하는 마성의 단어가 있으니 그것은 바로 '뵈다' 입니다. 어떨 때는 뵀다고 하고, 또 어떨 때는 뵌다고 하며, 아니 또 어떨 때는 뵈자고 했다가도, 금세 뵀잖아 하며 ㅙ와 ㅚ를 제멋대로 넘나드니 도대체 어쩌라는 건지 종잡을 수가 없습니다. 하지만 너무 괴로워할 필요는 없습니다. 모로 가도 서울만 가면 된다고, 그까짓 거 대충 그냥 꼼수를 써서라도 틀리지만 않으면 그만 아니겠습니까.

'뵈'는 '해'로 대체할 수 있습니다. '뵈'는 '하'로 바꾸어 쓸 수 있고요. 그러니 봬와 뵈 중 어떤 것을 써야 하는지 헷갈린다면 그 자리에 해와 하를 넣은 후 어느 쪽이 자연스럽게 읽히는지 확인해 보세요. 태리의 경우로 예를 들자면 '월요일에 해요'와 '월요일에 하요'라는 두 문장이 만들어집니다. 둘 중 어느 쪽이 더 자연스럽게 읽히느냐 묻는다면 단연 '월요일에 해요'를 택하겠지요? 마지막으로 해를 봬로 바꾸어 '월요일에 봬요'라는 문장을 완성하면 서울 도착입니다.

'뵈' 대신 '하', '봬' 대신 '해'를 넣어보자!

'돼다'와 '되다' 역시 같은 법칙을 적용한다면 어렵지 않게 구

분할 수 있습니다. '핸드폰 배터리가 다 돼다'와 '핸드폰 배터리가 다 되다' 중 어떤 것이 바른 문장인지 확인해 볼까요?

각각 해와 하를 넣으면 '핸드폰 배터리가 다 해다'와 '핸드폰 배터리가 다 하다'가 되겠네요. 두 번째 문장이 자연스럽게 읽히니 '되다'가 바른 문장이라는 말씀!

아직도 긴가민가하시다면, 이에 대해 224쪽(됨/됌/됬/됐)에서 더욱 자세하게 다루고 있으니 곧바로 이어서 읽어보세요.

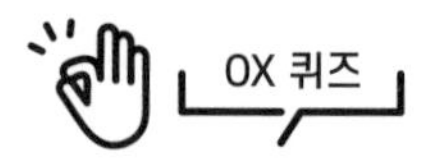

- 주말 잘 보내시고 월요일에 뵐게요. (   )
- 혹시나 주말 동안 궁금한 점이 생기면 찾아뵐게요. (   )
- 주말까지 찾아뵌다고 귀찮아하시면 안 돼요! (   )

정답 : X, O, X

06

반신반의와 반신바니

taerryy 반신바니했던 알바가 적성에 맞아 다행

leeeeeeejune

taerry_mom 넌 반 마리의 양념치킨과 반 마리의 프라이드치킨이 당길 때 '양념 반이랑 프라이드 반 먹자!' 하고 메시지를 보내곤 해. 단 한 번도 '양념 바니랑 프라이드 반 먹자!' 하며 틀린 맞춤법을 쓴 적은 없어. 그건 반반을 먹겠다는 너의 확고한 생각 때문일 거야.
'반신반의'라는 사자성어 역시 반은 믿고 반은 의심한다는 뜻을 염두에 두고 있었더라면 소리 나는 대로 쓰는 실수는 저지르지 않았을지도 몰라. 어쨌든 엄마도 반신반의했는데 우리 딸 너무너무 기특하네!

- 반신반의(O)

엄마는 바른 맞춤법을 알려주면서도 태리가 맞춤법을 잘 지킬 수 있을지 반신반의했다.

- 반신바니(X)

07

장래 희망과 장례 희망

함께 알기

장래 ❶ 다가올 앞날

- 장래 계획.
- 졸업생들은 장래를 걱정하느라 근심 어린 표정으로 모여 있다.

❷ 앞으로의 가능성이나 전망. ≒전도.

- 장래가 촉망되는 인물.
- 장래가 불투명하다.
- 농촌의 장래가 밝다.

장례 장사를 지내는 일. 또는 그런 예식

- 장례를 치르다.
- 장례를 모시다.
- 먼 곳에 살고 있는 친척들이 소문을 듣고 장례에 참석했습니다.

- 장래 희망(O)

 비웃음을 살까 봐 아무에게도 말하지 않았지만, 태리의 장래 희망은 연예인이다.

- 장례 희망(X)

08

어떻게와 어떡해

코로나에 걸리셨다고요? 저 혼자서 OOO 가게를 봐요. 저 집에 갈래요!
걱정되는 마음은 알겠는데 그렇다고 집에 간다고 하면 OOO!

'어떻게'와 '어떡해'만큼 혼란스러운 단어가 또 있을까요? 생김새도 비슷한 데다가 발음마저 비슷한 탓에 혼동하여 사용하기 십상입니다. 하지만 너무 어려워할 필요 없습니다. 단골 카페에 갔을 때 창가 쪽이나 구석진 곳처럼 각자가 즐겨 찾는 자리가 있듯, 단어들도 저마다 문장에서 선호하는 자리가 있거든요. 그럼 어디 한번 확인해 볼까요?

게게게 자로 끝나는 말은-♪ 맛있게, 뜨겁게, 빠르게, 바쁘게, 싸게, 비싸게-♬ 등이 있는데요. 이 단어들은 문장의 마지막 자리에는 쓰이지 않습니다.

맛있게 먹었어요. 마라탕은 뜨겁게 먹어야 제맛이죠. 점심시간이 짧은데 음식이 빠르게 나와서 바쁘게 먹지 않아도 되니까 좋아요. 조금만 싸게 팔면 더 자주 먹을 텐데. 물론 비싸게 파셔도 또 먹을 거예요.

이처럼 말이지요. **'어떻게' 역시 문장의 마지막 자리를 제외한 곳에 쓰인다**고 생각하면 되겠습니다. 그러니까 태리의 대사 빈칸에는 '어떻게'를 써넣어야겠지요?

반면, **해 자로 끝나는 '어떡해'는 문장의 마지막 자리**를 선호한답니다.

그렇게 먹었으면 운동 좀 해. 싫어 안 해. 그럼 나랑 같이 산책이라도 해. 됐어 너나 해!

이 문장들에서 해 자가 마지막 자리를 꿰차는 것처럼 말입니다. 즉, 주인아주머니의 대사 마지막 세 글자는 '어떡해'로 채워넣어야겠습니다.

단골 카페 내 마음속 지정석을 다른 손님에게 빼앗겨 영 탐탁지 않았던 경험, 한 번쯤 있지요? 터줏대감처럼 지켜온 자리를 툭하면 빼앗기는 '어떻게'와 '어떡해'의 심정은 오죽할까요. 읽는 이마저 가시방석에 앉은 것처럼 불편해질 수 있으니 부디 제자리를 찾아주시기를!

'어떻게'는 문장의 중간에, '어떡해'는 끝에 씀!

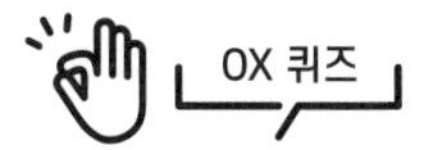

- 메뉴 만드는 방법도 다 모르는데 어떡해 하지? (　　)
- 나 같은 초짜한테 가게를 맡기다니 어떻게 이럴 수가 있냐고. (　　)
- 혹시라도 실수하면 어떡해! (　　)

정답 : X, O, O

09

다르다와 틀리다

'다르다'는 비교가 되는 두 대상이 서로 같지 아니함을 뜻하고 '틀리다'는 셈이나 사실 따위가 그르게 되거나 어긋남을 뜻합니다. 보시다시피 두 단어는 엄연히 다름에도 불구하고 많은 사람이 틀리게 사용하곤 합니다. 꿀떡이랑 송편은 서로 다른 떡이라고 해야 하는데 틀린 떡이라고 잘못 말하는 태리처럼 말입니다. 꿀떡과 송편은 아무런 잘못이 없음에도 졸지에 틀렸다는 누명을 쓰게 된 것이지요.

아무래도 그 단어가 그 단어처럼 느껴진다면 아래의 대화문을 읽어보도록 합시다. 어느 텔레비전 프로그램에서 보았던 옷 가게 사장님과 비영어권 외국인 손님의 콩글리시 대화를 옮겨 적은 것인데요. 경우에 따라 한국어보다 영어가 더 쉽게 다가올 수도 있다는 사실을 느껴보기 바랍니다.

사장님 : 유, 내가 굿 프라이스 했어. (내가 좋은 가격에 줬어요.)

외국인 : I will tell my friends. (네, 친구들 소개해 줄게요.)

사장님 : 그런데 유 프렌드 유 프라이스 디퍼런트야.
(친구들은 당신하고 가격이 달라요.)
외국인 : Yes, different. (네, 다른 거 알아요.)

만일 사장님이 한국 손님을 상대했더라면 "친구들하고 당신하고 가격이 틀려요"라고 잘못 이야기했을 수도 있겠지요. 하지만 different와 wrong을 헷갈리는 경우는 없으므로 가격이 다르다는 뜻을 정확히 전달할 수 있었습니다. 그러니까 송편이랑 꿀떡은 wrong 한 떡이 아니라 different 한 떡이라는 말씀! 유, 내가 이지하게 설명했는데 언더스탠드 했어?

'다르다'는 'different', '틀리다'는 'wrong'!

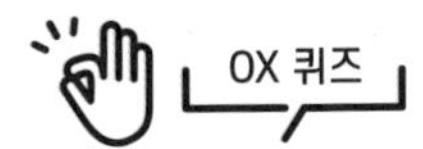

- 꿀떡이랑 송편이랑 뭐가 틀려요? (　　)
- 모양도 다르고 속에 들어가는 소도 달라요. (　　)
- 한번 시식해 보세요. 서로 맛도 틀려요. (　　)

정답 : X, O, X

10

제가와 저가

저는 자타 공인 카페 덕후로 카페를 고를 때 까다로운 편입니다. 세련된 인테리어나 대단한 맛을 좇기보다는 **저를** 거슬리게 하는 점이 없는 곳을 즐겨 찾곤 하지요. 춥지도 덥지도 않고, 밝지도 어둡지도 않으며, 조용하거나 시끄럽지 않은, 하여튼 **저만** 아는 그런 기준이 있습니다. 그런 의미에서 **저의** 집 앞 카페는 훌륭한 안식처입니다. 단 하나, 약간 거슬리는 것이 있다면 "**저가** 치워드릴게요!" 하는 알바생의 친절입니다.

위와 같이 '저는, 저를, 저만, 저의'는 옳지만 '저가'는 틀립니다. '저' 뒤에 '가'가 붙으면 '제'로 변해 '제가'라고 써야 하거든요. '나는, 나를, 나만, 나의'는 옳지만 '나가'는 틀리고 '내가'가 맞는 것처럼 말이지요. 어째서 이러한 변화가 일어나는 것일까 국립국어원에 문의해 봤더니만, 옛날 옛적부터 이렇게 써왔으니 앞으로도 그냥 요렇게 쓰면 된답니다.

저는 지금 그 카페에 앉아 이 글을 쓰고 있습니다. 멀리에서 "너가 샷 내려줄래?" 하는 그의 목소리가 들려옵니다. '너는, 너를, 너만, 너의'는 옳지만 '너가'는 틀리고

‘네가’가 맞는 건데…. 하지만 그를 탓하지는 않으렵니다. 제멋대로 변하는 한글이 잘못했지 한결같은 그에게 무슨 잘못이 있단 말입니까. 절이 싫으면 중이 떠나야겠지요. 그동안 친절하게 대해줘서 고마웠어요. 저… 가요…. ^-T

'저' 뒤에 '가'가 붙으면 '제'로 변해 '제가'라고 써야 함!

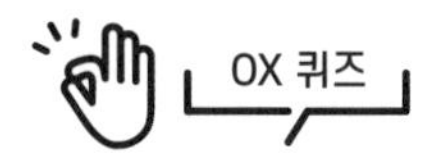

- 저가 아까부터 지켜봤는데 정말 친절하시네요. 알바 끝나고 저랑 스타벅스에서 커피 한잔하실래요? (　　)
- 죄송하지만 요즘 제가 긴축 정책을 벌이는 중이라 저가 커피만 마시거든요. (　　)
- 실례가 많았습니다. 저 가볼게요. 안녕히 계세요. (　　)

정답 : X, O, O

11

무릅쓰고와 무릎쓰고

무릎베개, 무릎 담요, 무릎 꿇어, 무릎 아파, 무릎 쑤셔. 우리는 일상생활 속에서 무릎이라는 단어를 빈번하게 사용합니다. 무릎이라는 단어에 그만큼 익숙하다 보니 힘들고 어려운 일을 참고 견딘다는 뜻의 '무릅쓰고'를 '무릎쓰고'로 잘못 쓰는 일이 종종 벌어지곤 하지요.

아무리 들여다보아도 '릅'이라는 글자는 낯설기만 합니다. 기껏해야 두릅이나 츄르릅 정도에만 쓰이니 그럴 수밖에요. 게다가 어르신들이 즐겨 드시는 두릅을 여러분이 좋아할 리 만무하고 츄르릅은 표준어도 아니니 평생을 살면서 릅이라는 글자를 쓸 일이 무어 있단 말입니까. 그러니 여태껏 잘못 써왔대도 너무 부끄러워할 필요 없습니다.

자, 단순하게 생각해 봅시다. 여러분은 힘들고 어려운 일을 참고 견딜 때 용을 쓰거나, 안간힘을 쓰면 썼지, 무릎을 쓰지는 않을 것입니다. 만일, 힘들 때마다 무릎을 쓰고 있다면 머지않아 아작이 날 수도 있으니 이쯤에서 멈추어주시기를 간곡히 요청하는 바입니다. 우리 모두 팔팔한 노후를 위해 무릎은 아껴두기로, 약속!

힘든 일을 견딜 때는 '무릎' 대신 '무릅' 쓰기!

'무릎서고'라고 쓰는 분도 더러 있더군요. 무릎으로 섰다가는 정말 큰일 나겠지요? 무릎 아끼세요, 제발!

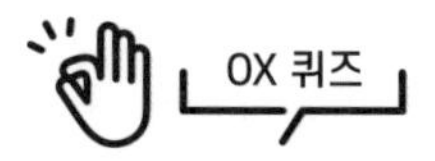

- 실례를 무릎서고 지나가는 사람들한테 떡을 들이밀 때는 진짜 창피했어. (　)
- 그래도 부끄러움을 무릅쓰길 잘했지, 뭐. (　)

정답 : X, O

12

곁땀과 겨땀

'곁'은 겨드랑이의 옛말입니다. 그러니까 곁에서 나는 땀은 '곁땀'이라 불러야겠지요. 겨에서 땀이 나면 겨땀이라 할 수 있겠지만 겨드랑이는 겨드랑이지 겨가 아니므로 곁땀이라 해야 옳겠습니다. 물론 친구들 사이에서는 "겨가 축축하다, 겨터파크 개장했다, 겨털 벌목해야겠다" 등 겨를 활용한 말들이 오가지만 어디까지나 농담에 불과할 뿐 표준어는 아니니까요.

이쯤에서 궁금증이 샘솟아 오릅니다. 겨땀이 곁땀이면 겨털은 곁털인가. 결론부터 말씀드리자면 겨털도 곁털도 틀린 말입니다. 교양 있는 사람들이 두루 쓰는 현대 서울말만 표준어로 인정되기 때문일까요? 겨드랑이털은 '액모'라는 고상한 이름으로 표준국어대사전에 등재되어 있습니다. 하지만 교양에만 방점이 찍혀 있을 뿐 사람들이 두루 쓰는 현대 서울말이라는 점은 간과한 것 같다는 생각이 듭니다.

이 단어에 대해 다루기는 했습니다만, 제가 좋아하는 드라마 〈내 남자의 여자〉에서 배우 하유미 씨가 외쳤던 명대사가 자꾸만 머릿속을 맴도는군요. 교오양? 이게 내 교양이다! 저는 마음 편히 겨땀과 겨털로 부르렵니다. 그래도 사회생활 하는 데 큰 지장은 없다에 제 겨털 한 가닥을 걸겠으니 여러분도 너무 스트레스받지 않았으면 합니다.

겨드랑이의 옛말은 '겯', 겯에서 나는 땀은 '겯땀'!

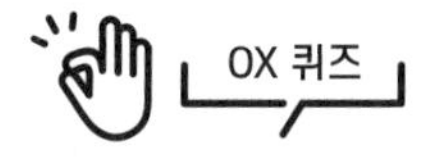

- 태리야, 겯땀 때문에 겨드랑이가 다 젖었네. 나 없는 동안 이렇게 열심히 일한 거야? (   )
- 그게 아니라 겨드랑이 레이저 제모했더니 겨땀이 더 나는 것 같아요. (   )
- 그런데 아직도 겨털이 나서 몇 번 더 시술받아야 해요. (   )

정답 : O, X, X

13

계좌번호와 괴자번호

taerryy 갑자기 괴자번호를 물으시더니 보너스를 주신 사장님 덕에 주말 호강 중 ☕🍰

taerryy_dad 맨날 맛있는 거 만들어서 대령하는데 난 보너스 없남? 아빠 계좌번호는 국민 423701!#$!@#!@#!@#… ㅋㅋㅋ

taerryy 내일 오징어 튀김 만들어준다고 약속하면 보너스를 주도록 하지. 일단 괴자번호 디엠으로 보내줘! 😎😎😎

taerryy_dad 그래~~~ '계좌번호' 지금 보낼게. 난 우리 딸이 늘 당당해서 좋아. 모쪼록 건강하기만 하거라~~~^^

두 줄 요약

- 계좌번호(O)

사회인이라면 태리의 아빠처럼 자신의 계좌번호를 외우고 있어야 한다.

- 괴자번호(X)

14

치사율과 취사율

그래서 내가 가게 매출을
팍 올렸잖아!
아이고,
장하다 내 딸!

아빠! 밥은
아직이야?
조금만 기다리세요.
금방 됩니다~

어쨌건 코로나 취사율이
낮아도 몸 상하니까
조심해, 다들.

취사가 완료되었습니다.
뿌우우우우우!
취사완료

함께 알기

치사 ❶ 죽음에 이름. 또는 죽게 함.

• 과실에 의한 치사인지 밝혀져야 한다.

❷ 다른 사람을 칭찬함.

• 아부나 입에 발린 치사는 그만둬 주세요.

❸ 고맙고 감사하다는 뜻을 표시함.

• 장군은 병사들의 노고를 치사했다.

취사 끼니로 먹을 음식 따위를 만드는 일.

• 삐삐삐- 취사가 완료되었습니다.

• 오늘의 취사 당번은 영심이야.

두 줄 요약

- 치사율(O) 치사(O)

태리는 맞춤법을 틀렸다는 수치심에 치사할 뻔했다.

- 취사율(X) 취사(O)

태리의 아빠는 취사병 출신이라 요리를 잘하신다.

15

시답잖다와 시덥잖다

'시답잖다'는 '시답지 않다'가 줄어든 말로 볼품이 없어 만족스럽지 못함을 뜻하는 단어입니다. 그런데 도대체 '시'가 뭐기에 시답지 않다고 하는 걸까요? '시'는 '열매 실實' 자가 변한 말로, 집안에 재물이 가득한 모습을 형상화한 한자입니다. 시간이 흐르면서 뜻이 확대되어 '꽉 찬 것' '열매가 잘 익은 것' 등을 나타내게 되었다고 하네요.

즉 '시답잖다'를 길게 풀어 써보자면 집안에 재물이 가득한 것답지 않다, 꽉 찬 것답지 않다, 열매가 잘 익은 것답지 않다, 정도가 되겠군요. 사고 싶은 건 많은데 돈은 없고, 선물 상자는 큰데 꽉 차 있지는 않고, 감나무에서 감을 땄는데 떫은 감이라면 당연히 만족스럽지 못할 수밖에 없겠지요.

그런데 사람들은 이 단어를 '시덥잖다'라고 잘못 쓰곤 합니다. 이 단어가 표준어로 인정되려면 '답다'가 들어가는 다른 말들도 '덥다'로 바뀌어야 할 텐데요. 영화 타짜의 곽철용이 고니에게 "어이, 젊은 친구. 신사덥게 행동해" 하고 말하면 아무래도 이상하겠지요? 따지고 보면

'시덥잖다'도 이와 같은 급으로 괴상한 단어라는 말씀! 그러니 어이, 젊은 친구. 한국인답게 얘기해.

'시답잖다'는 '시답지 않다'가 줄어든 말!

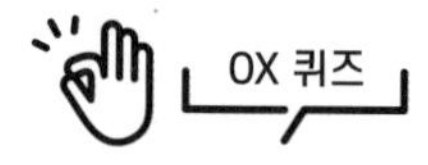

- 내가 한 말 시덥지 않게만 여기지만 말고 잘 생각해 봐. (   )
- 아무리 시답잖은 회사라도 배울 점이 있어. (   )
- 시덥잖은 잔소리는 여기까지만 할 테니까 결정은 네가 해. (   )

정답 : X, O, X

16

가진과 갖은

참기름을 챔기름이라 발음하시기로 유명한 탤런트 이정섭 씨를 아시나요? 챔기름도 챔기름이지만 "갖은[gazeun] 양념을 느으시고오~" 하며 ㅈ을 z로 발음하는 말투 역시 인상적입니다. 어렸을 적, 모든 요리에 빠지지 않는 갖은양념이 도대체 무엇일까 몹시도 궁금했습니다. 이정섭 씨의 요리 방송을 거듭 본 끝에 '갖은'은 '온갖'과 비슷한 말이라는 걸 자연스레 체득하게 되었지만요.

그래서인지 "생각할 시간을 갖은 끝에 헤어지기로 했어요" "우리 고양이 새끼 갖은 것 같아요" "세상을 다 갖은 기분이에요"라고 쓴 글들을 볼 때면 속수무책으로 웃음이 터지고야 맙니다. 이정섭 씨의 음성이 자동 지원되는 걸 막을 길이 없기 때문입니다. 이정섭 씨의 성대모사를 연습 중이라면 소유의 뜻을 지닌 '가진'마저 [가즌]으로 발음할 수도 있겠으나, 대개는 [가진]이라고 말씀하겠지요. 그렇다면 그냥 **소리 나는 그대로 '가진'이라고 쓰면 되겠습니다**.

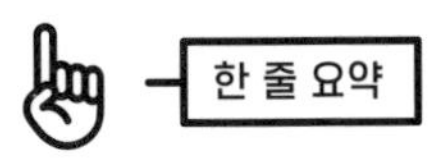

'갖은'은 '온갖'과 비슷한 말. '소유'의 뜻을 나타내고자 할 때는 소리 나는 대로 '가진'이라고 쓰기!

'가지다'의 준말인 '갖다'는 여차여차한 복잡한 이유*로 활용이 제한적입니다. 다만 '가지다'는 여러분이 기분 내키는 대로 활용해도 틀릴 일 없습니다. 그러므로 맞춤법에 자신이 없다면 '갖다'는 버리고 '가지다'만 취하길 권하는 바입니다.

	-고	-는	지	-어
갖다	갖고	갖는	갖지	갖어(X)
가지다	가지고	가지는	가지지	가져

	-었다	-(으)면	-(으)ㄴ	
갖다	갖었다(X)	갖으면(X)	갖은(X)	
가지다	가졌다	가지면	가진	

* 모음 어미가 연결될 때에는 준말의 활용형을 인정하지 않음(표준어 규정 제16항 해설에서 발췌).

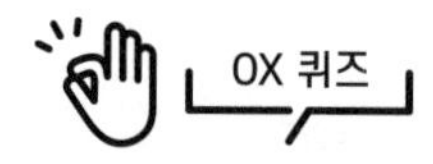

- 남들은 취업하려고 갖은 노력을 다하는데 전 아무 준비를 안 해서 떨어질 것 같아요. (   )
- 나 빼고 다 잘나 보이지만 가만히 보면 그렇지도 않아. 자신감을 갖어! (   )
- 정말로 저도 직장을 갖을 수 있을까요? (   )

정답 : O, X, X

17

꽂다와 꼽다

저는 폰을 보며 시간 허비하기를 좋아합니다. 그런데 요즘에는 좀처럼 취미 생활을 즐기지 못하고 있습니다. 언제부터인지 자그마한 화면을 들여다보는 일이 피로하게 느껴졌기 때문입니다. '이게 바로 노안인가' 하는 생각이 든 것도 잠시. 새로운 취미 생활을 즐겨보려 물색하던 중 동네 카페에서 꽃꽂이 수업을 한다는 사실을 알게 되었습니다. 꽃을 보면 기분도 좋아지고 눈도 편안해질 테니까요. 그리하여 수업이 개강하기만을 손꼽아 기다리고 있답니다.

제가 취미 생활 이야기를 꺼낸 이유는 '꽂다'라는 단어를 설명하기 위해서인데요. **'꽂다'는 쓰러지거나 빠지지 않게 박아 세우거나 끼우는 것을 뜻하는 말**입니다. 꽃을 꽃병에 꽂는 것처럼 말이지요. 그런데 '꽂다'를 써야 할 자리에 '꼽다'를 잘못 사용하는 분들이 계십니다. '꼽다'는 수를 세려고 손가락을 하나씩 헤아리거나 무언가를 골라서 지목할 때 쓰는 말입니다. 꽃꽂이 수업 개강일이 며칠 남았는지 손가락을 꼽아보는 것처럼 말이지요.

일부 지방에서는 '꼽다'가 '꽂다'와 같은 뜻으로 쓰이기도 한다네요. 그래서 두 단어를 헷갈려하는 듯합니다. 그래도 '꽂꽂이'를 '꽂꼽이'라고 하는 분은 없지요? '책꽂이'를 '책꼽이'라고 하는 분은요? '연필꽂이'를 '연필꼽이'라고 하는 분 역시 없을 거라 믿습니다. 아무쪼록 제가 시력을 버려가며 쓴 이 책을 책장에만 꽂아두지 마시고 거듭 꺼내 보시어 맞춤법의 일인자로 꼽히기를 기원합니다.

'꽂다'는 '꽂꽂이'와 관련지어 외워보자. '꽂꼽이' 아님 주의!

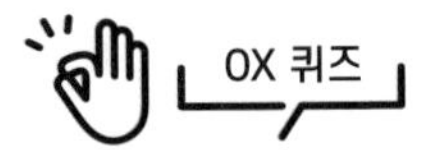

- 응, 저기다 꽂으면 돼. (　)
- 너는 지점에서 알바한 경험이 있으니까 첫손가락에 꼽힐 거야. 내가 추천서 써줄게! (　)
- 사장님 노트북 플러그도 꼽아 드릴까요? (　)

정답 : O, O, X

18

무료하다

제가 초등학생일 적, 텔레비전에서 "만원 버스에 탑승하는 사람들이 어쩌고저쩌고" 하는 멘트가 흘러나오고 있었습니다. 버스 요금이 만 원이나 하느냐고 제가 화들짝 놀라자 중학생인 언니가 저를 놀려댔지요. 요금이 만 원이 아니라 사람이 꽉 차서 만원이라며, 어떻게 그것도 모르냐고 말이지요. "아니, 진짜 웃기네? 왜 사람 헷갈리게 만원이라는 말을 써?"

그로부터 얼마 지나지 않아 교육 방송을 보는데 설원에 간 제작진이 이러쿵저러쿵하는 소리가 들려왔습니다. '설원이네'로 잘못 들은 제가 설원이가 누구냐고 묻자 언니가 저를 또 비웃었지요. 사람 이름이 아니라 눈 덮인 벌판을 뜻하는 거라며, 진짜 무식하다고 말입니다. "아니, 그럼 눈밭이라고 하면 되지, 왜 굳이 설원이라고 하는데?"

시간이 흘러 흘러 어른이 된 저는 "요즘 애들 문해력이 이러니저러니" 하는 뉴스를 보게 되었습니다. 한 초등학생이 '무료한 하루를 보냈다'라는 문장에서 '무료한'의 뜻이 무엇이냐 묻는 문제에 '공짜'라고 답을 썼더군요. 기자가 그 이유를 묻자 그 아이는 "무료가 공짜니까" 라고 대답했고 친구들은 깔깔 웃었습니다.

무료는 공짜이기도 하지만 지루하다는 걸 뜻하기도 한다는 사실을 요즘 애들은 모른다고, 문해력이 떨어져 큰일이라며 사람들이 입을 모아 걱정했습니다. 하지만 저는 생각했습니다. '호들갑 떨고 앉아 있네' 하고 말이지요. 만원과 설원이 뭔지 몰랐던 저도 이렇게 잘 컸습니다. 모르면 친절하게 알려주면 그만인 것을 왜들 그리 놀려대는지, 원. 애들 기 좀 죽이지 맙시다. 예? 저 친구한테 감정이입했냐고요? 예!

'무료'는 공짜가 맞지만 심심하고 지루할 때도 쓰임!

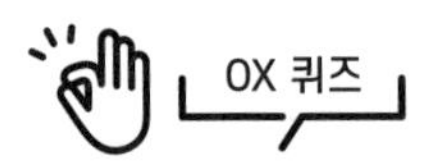

- 태리야, '무료하다'의 반대말은 '유료하다'일까? (　　)
- 그렇다면 '내 인생은 무료해'를 영어로 바꾸면 'My life is free'겠구나. (　　)
- 손님들이 떡을 싹 가져가셨네. 무료했던 일상에 이벤트를 만들어줘서 고마워. (　　)

정답 : X, X, O

19

잊다와 잃다

기억과 관련된 경우에는 '잊다'를, 물건이나 사람 등 기억 이외의 것과 관련된 경우에는 '잃다'를 사용합니다. 두 단어를 구별하는 방법은 간단합니다. 평소 발음하는 대로 쓴다면 그게 바로 정답이거든요. '카톡 답장한다는 걸 깜빡 잊었어'와 '카톡 답장한다는 걸 깜빡 잃었어' 중 어느 쪽이 더 자연스러운가요? 당연히 전자겠죠. '자꾸 답장 안 하면 베프를 잃을 수도 있어'와 '자꾸 답장 안 하면 베프를 잊을 수도 있어' 중에서는요? 왈가왈부할 것 없이 이것 역시 전자입니다.

뭣 하러 이런 당연한 소리를 하는가 싶겠지만 '잊다'와 '잃다'를 강조하는 말인 '잊어버리다'와 '잃어버리다'로 넘어가면 동공에서 지진이 일어날 것입니다. 이 두 단어는 어느 상황에서든 자연스럽게 읽히거든요. '카톡 답장한다는 걸 깜빡 잊어버렸어'나 '카톡 답장한다는 걸 깜빡 잃어버렸어'나. '자꾸 답장 안 하면 베프를 잃어버릴 수도 있어'나 '자꾸 답장 안 하면 베프를 잊어버릴 수도 있어'나. 어쩐지 모두 맞는 말 같지 않나요?

그럴 때는 너무 고민 말고 '잊다'와 '잃다'로 바꾸어 읽어보세요. 그리고 더 자연스럽게 읽히는 쪽을 택한다면 그것이 바로 정답이겠지요? '잊다'와 '잃다' 구별하는 방법 잊어버리기 없기! 혹시나 잊어버렸대도 다시 공부하면 되니까 용기 잃어버리기도 없기!

'잊어버리다'와 '잃어버리다' 중 무얼 써야 하는지 모르겠다면 '잊다'와 '잃다'로 바꾸어 읽어보기!

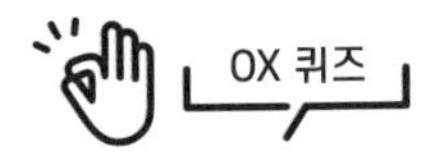

- 회사에서도 지금처럼 밝은 모습 잊어버리면 안 돼! (　)
- 훌륭한 알바를 잃은 건 아쉽지만 태리가 잘돼서 좋아. 우리 언젠가 또 만나자, 알았지? (　)
- 제가 돈 많이 벌어서 사장님 맛있는 거 사드릴 테니까 그 약속 잃어버리지 마세요! (　)

정답 : X, O, X

20

여쭐게요와 엿줄게요

taerryy Thank you for everything 🙏

leeeeeeejune 주인아주머니한테 쿠키가 아니라 엿을 드린 거 같은데?

taerry_mom 태리 편지 읽고서 간신히 참았는데 친구 댓글에 결국 빵 터졌네. '엿줄게요'가 맞는다면 '엿주면, 엿줘서, 엿줘볼게요'도 맞아야 하는데 뭔가 좀 이상하지 않아? (공손하게 인사를 전하고 싶은 의도와는 상관없이 친구 말대로 사장님께 자꾸만 엿을 드리는 꼴 ^^;)
'여쭈다'와 '엿주다'의 발음이 비슷해서 이런 실수를 저지른 거 엄마는 다 알고 있고 충분히 이해해. 취직해서는 실수하지 않도록 하자. 우리 딸 취직 축하축하!

두 줄 요약

- 여쭈다(O)

앞으로 어딘가에 글을 올리기 전에 틀린 맞춤법이 없는지 엄마한테 여쭈어봐야겠다.

- 엿주다(X)

21

유종의 미와 유종애미

유종 시작한 일에 끝이 있음.

유종의 미 어떤 일 따위의 끝을 잘 마무리하는 성과.

- 마지막까지 최선을 다해 우리 유종의 미를 거두도록 하자.

- 유종의 미(O)

다른 알바들은 말없이 그만두는 경우도 많았는데 유종의 미를 보여준 태리가 기특하기만 했다.

- 유종애미(X)

PART 2 : 중급편

사실은 완전 다르게 알고 있었던 맞춤법 TOP 28

22

금일

인사팀
오늘 오후 2시에 인사팀 방문하셔야 한다고 연락 드렸는데 혹시 어디쯤이신가요?
네? 금일 오후 2시라고 하지 않으셨나요?
오늘은 금요일이 아니라 월요일인데요?

바쁘디바쁜 현대 사회를 살아가는 우리에게 줄임말은 몹시도 유용합니다. 한 글자라도 덜 말해야 일 초라도 더 아낄 수 있으니까요. 아이스아메리카노를 '아아'라고 말하는 젊은이들을 어르신들은 탐탁지 않게 여기지만, 당신들 역시 고깃집에서 물냉면이 아닌 '물냉'을 달라고 하지 않았던가요. 줄임말을 애용하는 건 아무래도 '종특'이지 않을까 싶습니다.

하지만 아무 말이나 줄였다가는 망신을 면치 못할 수도 있으니 조심해야겠습니다. 금일을 금요일의 준말로 착각해 태리처럼 곤란에 처할 수도 있으니까요. 금요일을 굳이 금일로 줄이고 싶다면 월요일, 화요일, 수요일, 목요일도 각각 월일, 화일, 수일, 목일로 줄여 써야 마땅하지 않을까요? 주말을 앞둔 금요일을 편애하는 마음은 알겠으나, 언어적인 측면에서만큼은 다른 요일과 평등하게 대해주기를 바라는 바입니다.

금일은 이제 금今, 날 일日 자를 쓰는 한자어입니다. 즉, **오늘**이라는 말이지요. 오늘이라는 쉬운 단어를 두고서 금일이라는 어려운 말을 사용하는 이유가 무엇이냐 물으신다면, 사장님이나 거래처 부장님처럼 연세가 지긋한 분들은 한자어가 익숙하시답니다. 그런 어르신들이 탐탁지 않기는 하지만, 우리들 역시 그분들이 이해 못할 줄임말을 남발하니 아무래도 피차일반이지 않을까 싶습니다.

'금일'은 금요일의 준말이 아니라 '오늘'과 같은 말!

이외에도 날짜와 관련된 어려운 단어가 여럿 있습니다. 하지만 나름의 규칙이 있으니 지레 겁먹지 마세요. 일, 주, 월, 년은 모두들 아시지요? 각각의 단어 앞에 '작'이 붙으면 '저번', '금'이 붙으면 '이번', '내 또는 명'이 붙으면 '다음번'을 뜻한답니다.

현재 기준	일	주	월	년
저번	작일	작주	작월	작년
이번	금일	금주	금월	금년
다음번	내일 = 명일	내주	내월	내년 = 명년

- 금일이라고 하셔서 금요일로 알고 있었는데요? ( )
- 금일은 금요일의 준말이 아니라 오늘과 같은 말입니다. ( )
- 그럼 금일 오후 2시가 오늘 오후 2시라는 건가요? ( )

정답 : X, O, O

23

며칠과 몇일

몇은 잘 모르는 수를 물을 때 사용하는 단어입니다. 그러니까 여러분께서 저에게 이 책을 몇 년에 쓰고 있는지 묻는다면 "2023년"이라 대답할 것이고, 이 글을 몇 월에 쓰고 있는지 묻는다면 "1월"이라 대답할 것이며, 이 글을 몇 일에 걸쳐 쓰고 있는지 묻는다면 "몇 일이 아니라 며칠인데요"라고 대답할 것입니다.

이게 뭔 개소리인가 싶을 수 있겠지만 흥분을 가라앉히고 국립국어원의 항변을 들어보도록 합시다. 옛날 옛날에 '며츨'이라는 단어가 있었는데 역사적 과정에 따라 '며칠'로 변하여 사용되어 왔기 때문에 이것을 표준어로 삼았다고 하네요. 그러니까 몇과 일이 합쳐진 말이 아니라는 말씀.

몇 년, 몇 월, 몇 시, 몇 분, 몇 초는 다 되면서 **며칠만 며칠로 써야 한다**니. 아무래도 융통성이 없다고 느껴지는 것이 사실입니다. 그러나 논리적인 국립국어원을 상대로 제가 할 수 있는 말이라고는 "사람들이 다 몇 일이라고 쓰는데, 왜! 뭐! 왜!" 하는 우격다짐밖에 없기에 더 큰 창피를 당하기 전에 재빨리 물러나도록 하겠습니다.

'며칠'은 '며츨'이 변한 말. '몇일'은 아예 쓰지 않는 말.

그건 그렇고 이 글을 몇 요일에 쓰고 있는지 물으신다면 몇 요일이 아니라 무슨 요일인데요. 몇은 요일이 아니라 잘 모르는 '수'를 물을 때 사용하는 단어라고 방금 말씀드렸는데요.

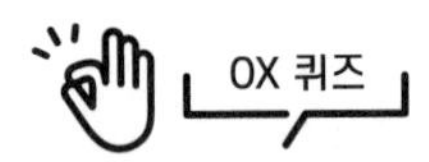

- 오늘이 몇 월 며칠이더라? 아, 3월 23일이네요. (　)
- 혹시 월급날이 몇 일인지 알 수 있을까요? (　)

정답 : O, X

24

맞추다와 맞히다

'맞추다'는 둘 이상의 대상을 서로 맞댈 때 쓸 수 있는 말입니다. 어지럽게 흩어진 퍼즐을 맞추거나, 기성복이 좀처럼 편안하지 않아 새 양복을 몸에 맞추거나, 사랑하는 사람끼리 입을 맞추거나, 빨간색 모자를 썼으니 빨간색 운동화를 신어 색깔을 맞출 때 사용할 수 있지요.

반면 **'맞히다'는 하나의 대상이 어딘가에 꽂힐 때 쓸 수 있는 말**입니다. 열 내리는 주사를 엉덩이에 맞히거나, 똘똘 뭉친 눈덩이를 친구의 등판에 맞히거나, 오래간만에 내리는 비를 마른 화분에 맞히거나, 정답을 연필로 콕 찍어 맞힐 때 사용할 수 있지요.

물론, 이 밖에도 많은 뜻이 있지만 일일이 나열하지는 않도록 하겠습니다. 이 정도만 알아도 중간 이상은 간다는 게 첫 번째 이유요, 이것조차 외우기 벅찰 수 있다는 게 두 번째 이유입니다. '맞추다'는 입을 서로 맞대는 입맞춤을 생각하며 외워보세요. Chu~♥니까 '맞추다'겠구나! '맞히다'는 '꽂히다'를 생각하며 외워보세요. 꽂히는 거니까 '맞히다'겠구나! 하고 말이지요.

'맞추다'는 둘 이상의 대상을 서로 맞댈 때, '맞히다'는 하나의 대상이 어딘가에 꽂힐 때 씀!

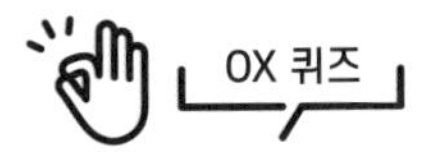

- 과장님이 퇴근할 시간에 맞춰서 일거리를 주는 거야. 왜 그러는 거야 진짜? (　)
- 네가 과장님 나이를 맞춰서 그래. 더 어리게 말했어야지. (　)
- 내가 너무 정곡을 맞혔나? (　)

정답 : O, X, O

25

산봉우리와 산봉오리

우리말은 참으로 귀엽습니다. 모음 하나를 바꾸는 것만으로도 단어가 주는 느낌이 달라지거든요. 예를 들어 '올록볼록'은 작고 가벼운 느낌이지만 '울룩불룩'은 크고 무거운 느낌이 듭니다. 퐁당퐁당, 풍덩풍덩. 폭신폭신, 푹신푹신. 도톰하다, 두툼하다. 노랗다, 누렇다. 모두 같은 이치이지요.

그렇다면 여기서 문제. 꽃봉오리와 꽃봉우리 중 어느 쪽이 바르게 쓰인 것일까요? 정답은 꽃봉오리입니다. 국립국어원에 따르면 두 단어는 의미에 아무런 차이가 없지만, 꽃봉오리가 더욱 널리 쓰이므로 이것을 표준어로 삼았다고 하는데요. 봉우리에 비해 봉오리가 더 작고 가벼운 느낌이 드는 건 저만의 착각일까요. 가녀린 꽃에 봉우리라는 표현은 어쩐지 버겁게 느껴집니다.

내친김에 문제 하나 더. 그렇다면 산봉오리와 산봉우리 중 어느 쪽이 바르게 쓰인 것일까요? 정답은 산봉우리입니다. 이것 역시 같은 법칙으로, 봉오리에 비해 봉우리가 더 크고 무거운 느낌이 드니 웅장한 산에 어울리게 봉우리가 따라붙은 것은 아닐지 생각해 봅니다. 혹자는 이런 저의 의견에 콧방귀를 뿡 뀔 수도 있겠지만 그러거나 말거나 이해하기 쉬우면 그만이므로 뿡입니다.

'오'는 작고 가벼운 느낌, '우'는 크고 무거운 느낌, 산은 크고 무거우니까 '산봉우리'!

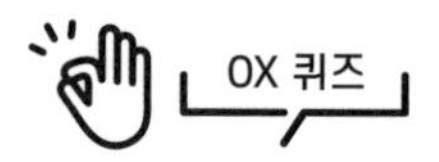

- 아니 딱히 핫플이라고 할 수는 없지만, 산봉우리에 올라가면 상쾌하고 좋잖아. (　)
- 한창 피어나는 꽃봉우리인 저에게 구세대적 사회생활을 강요하지 말아 주세요. (　)
- 김 과장은 갈 거지? 봉오리까지는 안 올라가도 돼. (　)

정답 : O, X, X

26

빌어와 빌려

'로또 일등에 당첨되게 해달라고 천지신명께 소원을 빌었다'를 몸짓으로 표현해 보세요. '야근하고 늦게 들어갔더니 우리 집 강아지가 삐져서 용서를 빌었다'도 한번 나타내 볼까요? '이다지도 돈 벌기가 귀찮은 걸 보니 전생에 밥을 빌러 다니던 거지가 아니었나 싶다'도요.

한국어에 타고난 감각을 지닌 여러분은 너 나 할 것 없이 양손을 싹싹 비비는 포즈를 취하지 않았을까 싶습니다. 여러분이 느낀 그대로 '빌다'는 '소원 성취, 용서 호소, 나 제발 그것 좀 주면 안 돼?' 할 때 사용하는 단어입니다.

그 감각에 그대로 의지해 '이 자리를 빌어 감사의 말씀을 전합니다'도 몸짓으로 표현해 보세요. '빌다'가 들어간 걸 보면 양손을 싹싹 비벼야지 싶은데 어쩐지 거부감이 들지 않나요? 그 이유는 문제 자체가 잘못됐기 때문입니다. 그렇다면 '빌어' 대신 '빌려'를 넣어 다시 한번 시도해 봅시다. 표현 방식이야 저마다 다르겠지만 자연스레 몸을 움직이고 있으리라 믿어 의심치 않습니다.

몸으로 표현하기를 부끄러워하는 분들을 위해 사전적 정의도 살포시 두고 가겠습니다. **'빌다'는 바라는 바를 이루게 하여 달라고 간청할 때, 잘못을 용서하여 달라고 호소할 때** 쓸 수 있는 말이고요. **'빌리다'는 물건이나 돈을 도로 돌려주거나 대가를 갚기로 하고 얼마 동안 쓸 때, 남의 말이나 글 따위를 취하여 따를 때, 어떤 일을 하기 위해 기회를 이용할 때** 쓸 수 있는 말입니다. 어차피 보는 사람도 없으니 너무 부끄러워 말고, 사전적 정의에 자신만의 몸짓을 얹어 단어를 익혀 보도록 하세요.

'빌다'는 양손을 싹싹 비는 포즈와 어울리는 말이므로 '이 자리를 빌어'는 잘못된 말임!

OX 퀴즈

- 옛 어르신들 말씀을 빌어 설교 좀 해보자면 밥은 다 같이 먹어야 제맛이지. (   )
- 술기운을 빌려 나도 한마디 보태자면 요즘 애들은 사회성이 좀 부족한 것 같아. (   )
- 태리는 '밥을 빌어서 먹는 한이 있어도 퇴사하는 게 낫겠다'는 생각이 들었다. (   )

정답 : X, O, O

27

사생활 침해와 사생활 치매

taerryy 취직 후 맞이하는 첫 번째 주말. 화살처럼 지나가 버렸다. 💘

gwajang 태리 씨, 노래 잘하는구나? 다음 회식 때 노래방 가야겠네.

taerryy 과장님, 이렇게 개인 계정에 찾아오시는 거 유쾌하지 않네요. 이거 사생활 치매 아닌가요? 저도 어렵게 말씀드리는 거니까 넘 기분 나빠하지 않으셨으면 해요. 🙏

leeeeeeejune 침해를 치매로 쓰시는 거 유쾌하지 않네요. 이거 맞춤법 치매 아닌가요? 저도 어렵게 말씀드리는 거니까 넘 기분 나빠하지 않았으면 해요. 🙏

- 사생활 침해(O) 침해(O)

자존심을 침해당한 느낌이니까 댓글 좀 지워줘.

- 사생활 치매(X) 치매(O)

요즘 자꾸 치매에 걸린 것처럼 까먹는 것뿐이야.

28

건투를 빈다와 권투를 빈다

건투 의지를 굽히지 않고 씩씩하게 잘 싸움.

- 졸업생 여러분의 새로운 출발을 위해 건투를 빕니다.
- 건투를 빌다.

권투 두 사람이 양손에 글러브를 끼고 상대편 허리 벨트 위의 상체를 쳐서 승부를 겨루는 경기.

- 권투 선수.
- 권투 중계.

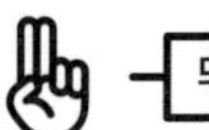

- 건투를 빈다(O) 건투(O)

친구는 태리의 건투를 기원하며 파이팅을 외쳤다.

- 권투를 빈다(X) 권투(O)

태리는 권투 선수처럼 주먹을 불끈 쥐며 의지를 다졌다.

29

당일

찹쌀떡 주문하면 당일 배송 가능한가요?
네, 어느 지점이시죠?
오늘 주문하려는 건 아니고 미리 여쭤본 거예요.
장난 전화하지 마세요!

물건을 로켓처럼 배송해 주는 쇼핑몰이 있습니다. 오전에 주문하면 오후에 도착한다며 당일 배송을 내세우는 곳이지요. 빨리빨리의 민족에게 이보다 더 고마운 쇼핑몰은 없었기에 너도나도 그곳을 애용하고 있습니다. 그 덕에 통장은 거덜 났지만, 당일이라는 단어가 낯설지만은 않게 되었습니다. 그런데 당일 배송 물건을 주문하면 오늘 도착하다 보니, 당일을 오늘과 같은 말로 착각하는 분이 더러 계시더군요.

당일은 일이 있는 바로 **'그날'**, 오늘은 지금 지나가고 있는 '이날'을 뜻합니다. 그 말이 그 말 같은데 도대체 무슨 차이가 있느냐며 반문하는 소리가 여기까지 들려오는 것 같네요. 워워, 진정하시고. 그럼 이렇게 한번 생각해 볼까요?

오늘 밤 맥주 안주 삼으려 그 쇼핑몰에서 마른오징어를 장바구니에 담아놓았다고 칩시다. 그런데 당일 배송을 해준다더니만 밤 열두 시가 넘었는데도 깜깜무소식입니다. 왜일까요. 그건 여러분이 아직 입금을 하지 않았기 때문입니다. 그러니까 당일 배송이란, 무조건 오늘 보내준다는 말이 아니라 입금이라는 특정한 시점을 기준 삼아 그날 보내준다는 말입니다. 만약 일주일 후에 입금한다면 비로소 그날에야 당일 배송이 완료될 테지요.

이게 무슨 당연한 소리인가 싶으시지요? 그렇다면 당일과 오늘이 당연히 다른 단어라는 것도 받아들이셨겠군요?

'당일'은 일이 있는 바로 그날을 뜻함. '오늘'과 같은 말 아님!

특정한 시점을 기준으로 삼는 날짜 관련 단어들을 함께 알아두도록 합시다. 다소 복잡해 보이기는 하지만 이것 역시 나름의 규칙이 있으니 걱정을 내려놓으세요. 일, 주, 월, 년. 각각의 단어 앞에 '전'이 붙으면 '저번', '당'이 붙으면 '이번',

'익'이 붙으면 '다음번'을 뜻한답니다. (당주 없음 주의)

특정 시점 기준	일	주	월	년
저번	전일	전주	전월	전년
이번	당일	-	당월	당년
다음번	익일	익주	익월	익년

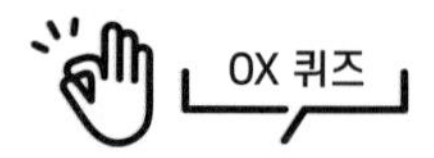

- 당일 배송이라고 하시니까 당연히 오늘 배송해 달라고 말씀하시는 줄 알았죠. (　　)
- 금일 배송해 달라는 말이 아니라 제가 주문을 넣으면 그날 배송해 주시는 게 당일 배송이에요. (　　)
- 그러니까 당일은 그날이랑 비슷한 말이네요? (　　)

정답 : X, O, O

30

지향과 지양

지향과 지양의 자세한 뜻을 확인하기 위해 표준국어대사전을 검색해 보았습니다. 그런데 사전적 정의가 너무 철학적이라고 해야 하나 고차원적이라고 해야 하나. 하여튼 무지하게 어렵게도 풀이되어 있기에 괜스레 언급했다가 오히려 혼란을 야기할 것 같다는 생각이 들더군요. 두 단어의 뜻이 궁금하신 분은 인터넷 검색을 활용하길 바라며, 저는 저 나름의 설명을 짧고 굵게 드리도록 하겠습니다.

지향	=	함
지양	=	안 함

백문이 불여일견 아니겠습니까.

'지향'은 함, '지양'은 안 함!

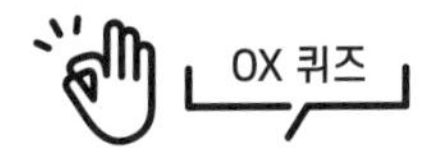

- 태리 인턴, 지양은 더 높은 단계로 오르기 위해 어떠한 일을 하지 않는 걸 뜻해요. ( )
- 지향은 어떤 목표를 향해 의지가 쏠리는 걸 뜻하는 말이고요. ( )
- 앗, 정말요? 그렇다면 저는 애주가니까 음주를 지향하도록 하겠습니다! ( )

정답 : O, O, O

31

결제와 결재

'결제'는 돈을 주고받아 당사자 사이의 거래 관계를 끝맺는 것을 뜻합니다. '결재'는 결정할 권한이 있는 상관이 부하가 제출한 안건을 승인하는 것을 뜻하고요. 완전히 다른 뜻을 지닌 주제에 어째서 이다지도 비슷하게 생겼는지. 여간 골치 아픈 것이 아닙니다. 하지만 다행히도 이 두 단어를 구별하는 방법은 인터넷에 이미 널리 퍼져 있습니다.

결제 : 이 돈을 제가 다 썼다고요?
결재 : 김 과장, 이 재수 없는 새끼!

이보다 더 나은 구별 방법은 없을 거라 믿어 의심치 않았습니다. 그런데 한 친구가 자신만의 비법을 풀어놓더군요. 물건을 사고 돈을 지불하려면 카드 단말기에 신용카드를 삽입해야 하는데 '결제'의 'ㅔ'는 가운데가 휑하기 때문에 신용카드가 쑥 들어간다고 합니다. 반면 '결재'의 'ㅐ'는 가운데가 꽉 막혀 있기 때문에 신용카드를 넣으려야 넣을 수 없다나요? 오, 역시. 저것보다 더 나은 구별 방법은 없는 것 같네요.

'결제'는 '제가 이 돈을 다 썼다고요?', '결재'는 '재수 없는 김 과장'이 해주는 것!

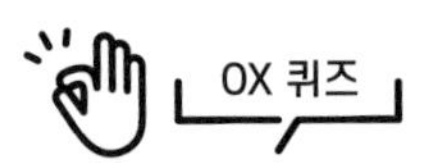

- 부장님, 서류 결제는 이따 하시고 커피 결재해! 결재해! (   )
- 현금으로 결재하시겠어요? (   )
- 신용카드로 결제하겠습니다. (   )

정답 : X, X, O

32

부조금과 부의금

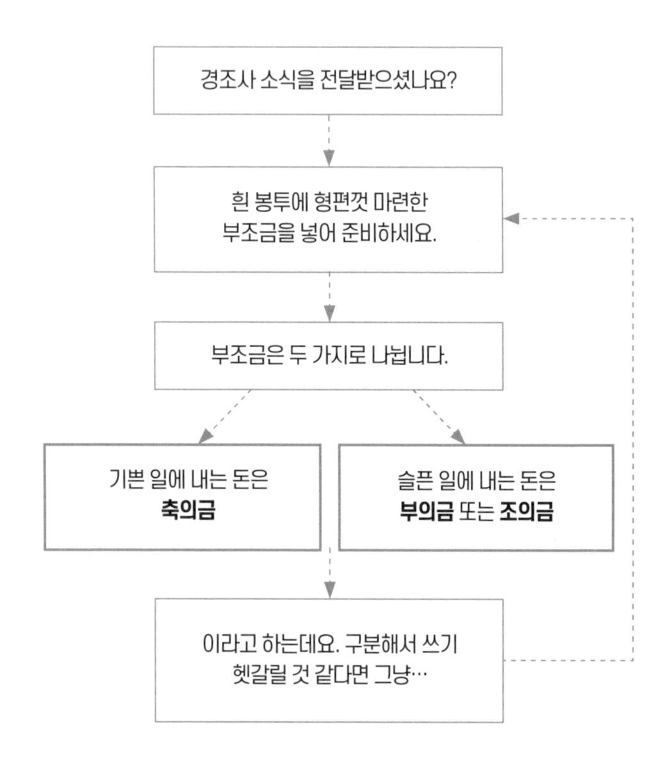

잘못 썼다 창피당할까 우려스럽다면 **경조사 상관없이 '부조금'**이라고 뭉뚱그려 말씀하시면 되겠습니다.

부조금이라고 쓰면 그냥 다 맞음!

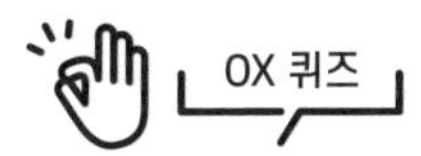

- 김 과장님, 저 그냥 대리님 결혼식 안 가고 축의금 삼만 원만 내면 안 될까요? (　)
- 이번 달에 결혼식이 많아서 부의금이 매주 나가네요. (　)
- 그래요. 어차피 저는 결혼식장에 가야 하니까 대리님 측에 부조금 전달해 드릴게요. (　)

정답 : O, X, O

33

건드리다와 건들이다

67페이지에서 '가지다'의 준말인 '갖다'는 여차여차 한 복잡한 이유로 활용이 제한적이라고 설명했는데요. '가지다'는 어떻게 활용해도 틀릴 일이 없으므로 맞춤법에 자신이 없다면 '갖다'는 버리고 '가지다'만 취하길 권했었지요.

'건드리다'의 준말인 '건들다' 역시 결이 같은 단어입니다. 그리하여 활용하는 데 제약이 따르지요. 그런데 이 사실을 간과한 많은 분께서 태리와 같은 실수를 저지르곤 합니다. 상대방에게 위협적으로 보여야 하는 상황에서 이런 식으로 맞춤법을 틀린다면 치와와가 으르렁대는 느낌밖에 주지 못하므로 바른 맞춤법을 알아두는 편이 좋겠습니다.

이번에도 자신이 없다면 **'건들다'는 버리고 '건드리다'만 기억하세요.** 그러고는 이를 다양하게 활용하여 "저를 건드려서 뭐 하시게요? 건드리면 건드릴수록 일만 커진다니까요? 제발 좀 건드리지 마시고 가만히 두세요! 한 번만 더 건드리시면 사표 쓰겠습니다!" 하고 화를 낸다면 치와와 탈출 대성공입니다.

'건들다'는 버리고 '건드리다'만 기억하기. '건드리다'는 아무렇게나 활용해도 틀릴 일 없음!

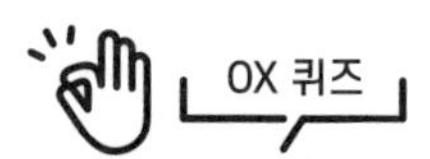

- 다시 한번 말씀드릴게요. 제 자존심 건들이지 마세요! (　　)
- 아니, 그게 아니라 태리 씨 혼자 힘들어 보여서 내가 그 일 좀 건드려 볼까 했지. (　　)
- 오해해서 죄송해요. 너무 부끄러워서 건들이기만 하셔도 눈물이 날 것 같아요. 반차 쓰고 퇴근해도 될까요? (　　)

정답 : X, O, X

34

멘토로 삼다와 멘토로 삶다

taerryy 그동안 과장님을 오해했다. 바쁘신 와중에 내 일까지 도와주시는 능력자. 멘토로 삶기 좋은 인물. 나도 과장님 같은 선배가 돼야지. (그래도 주중에 못 끝내서 주말에도 열일 중) 😅

leeeeeeejune DM 확인 부탁드려요 🙏

taerry_dad 아빠는 나중에 누가 우리 딸을 멘토로 삶기 좋다고 하면 극구 반대할 거야. 아빠랑 오래오래 건강하게 살자!

taerryy_mom 삶(X) 삼(O) 🤣

- 멘토로 삼다(O) 삼다(O)

  태리는 자신의 태도를 문제 삼지 않는 과장님이 고마웠다.

- 멘토로 삶다(X) 삶다(O)

  사실, 과장은 태리를 잘 삶아 자기편을 만들려는 작업 중이다.

35

다름이 아니라와 다르미 아니라

받는 사람 : 과장님

제목 : 죄송해요, 과장님.

과장님,
이렇게 주말에 메일을 드리는 이유는
다르미 아니라….
아무래도 인스타그램 댓글 사건이
내내 마음에 걸려서요.
사과드리고 싶어요.

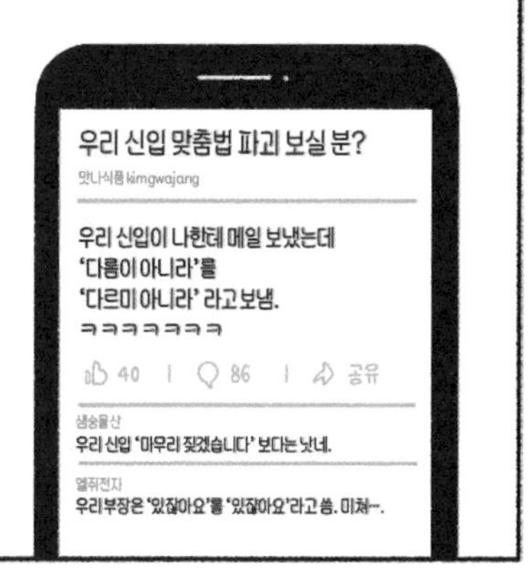

다름(이) 아니라 다른 까닭이 있는 게 아니라.

≒ 다른 게 아니라, 딴게 아니라

- 내 진짜 사랑은 다름 아닌 너였어.
- 너를 보자고 한 것은 딴게 아니라 꼭 할 말이 있어서야.

- 다름이 아니라(O)

과장님, 다름이 아니라 블라인드에 혹시 제 얘기 올리셨나요?

- 다르미 아니라(X)

36

움큼과 웅큼

월요일 아침, 태리가 알람 소리에 눈을 떴습니다. 하지만 도무지 일어나고 싶은 마음이 들지 않았습니다. 입사한 지 얼마 되지 않았지만, 월요병에 걸리고야 만 것입니다. 태리는 이불을 꼭 ○켜쥔 채 생각했습니다. 사람들은 어떻게 매일 출근이라는 걸 하며 사는 걸까?

씻는 둥 마는 둥 고양이 세수를 한 탓인지 아직도 잠이 깨지 않았지만, 늦장을 부렸다가는 지각을 면치 못할 것입니다. 싫은 소리를 듣기 싫었던 태리는 엄마가 식탁 위에 올려둔 점심 도시락을 서둘러 가방 안에 넣었습니다. 그러고는 가방을 꼭 ○켜잡고서 회사를 향해 걸음을 재촉했습니다.

정신없는 오전이 지나고 점심시간이 되었습니다. 혼밥을 선언한 태리는 혼자 회사에 남아 도시락을 꺼냈습니다. 하지만 밥을 먹을 수 없었습니다. 비몽사몽 중에 반찬 통은 쏙 빼놓고 밥통만 들고 왔기 때문입니다. 태리가 자괴감에 머리털을 쥐어뜯었습니다. 머리카락이 한 ○큼 빠졌습니다.

위의 예문에는 세 개의 빈칸이 있습니다. 빈칸에는 모두 같은 글자가 들어갑니다. 과연 그 글자가 무엇일지 우리 함께 문제를 풀어볼까요? 첫 번째 빈칸에는 '움' 자가 들어가 '움켜쥔'이 되겠네요. 두 번째 빈칸에도 '움' 자가 들어가 '움켜잡고서'가 되겠고요. 그렇다면 세 번째 빈칸 역시 '움' 자가 들어가 '움큼'이 되어야겠지요.

'웅' 자가 들어가 '웅큼'이 되어야 하는 거 아닌가요? 하고 물으신다면 네, 아닙니다. **'움켜쥐다' '움켜잡다' '움큼' 모두 손가락을 우그려 무언가를 잡는 행위와 관련된 말**로 형제와도 같은 단어라 할 수 있습니다. 그러니 움 씨 집안 형제들이 정체성의 혼란을 느끼지 않도록 '웅큼'이 아닌 '움큼'으로 써주어야겠지요?

'움켜쥐다' '움켜잡다' '움큼'은 움 씨 집안 형제들이므로 '웅큼'이라고 쓰지 않기!

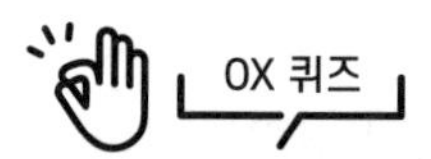

- 태리는 탕비실에 있는 과자를 한 움큼 집어와 허기를 달랜 후 반찬 가게에 갔습니다. (   )
- 나물을 이것저것 달라는 태리의 말에 사장님은 고사리 한 움큼에 시금치 한 움큼을 더해 주셨습니다. (   )
- 오히려 좋아. 비빔밥 만들어야지. 태리는 비닐장갑을 끼고 밥과 나물을 비빈 후 그대로 한 웅큼 쥐어 먹었습니다. (   )

정답 : O, O, X

37

얻다 대고와 어따 대고

여러분은 아무런 의심 없이 '어따'라는 단어를 사용하곤 합니다. "엄마, 내 후드티 어따 놔뒀어?" "저렇게 기운이 없어서 어따 써?" "자기나 잘할 것이지 어따 대고 지적이야?" 하고 말이지요. '어디에다'를 줄여 '어따'라고 말씀하시는 것까지는 알겠습니다만, 이는 틀린 말입니다. **'얻다'라고 써야 옳겠습니다.**

혹자는 '어따 대고'를 '얻다 대고'라고 쓰려니 살아온 세월을 부정당하는 것 같다며 강한 거부감을 드러내더군요. 하지만 '어따'가 지닌 본래 뜻을 알게 된다면 이 단어를 오히려 싫어하게 될지도 모르겠습니다. '어따'는 상대방의 말이나 행동이 몹시 못마땅해 빈정거릴 때 내는 소리입니다. "어따, 시방 왜 이렇게 꾸물거리는겨!" "어따, 그럴 수도 있지, 왜 성화를 부리고 난리여 난리가!" "어따, 방귀 뀐 넘이 성 낸다더니 지금 딱 그 짝이구먼!" 처럼 말이지요.

상대방에게 구수한 매력을 뽐내고 싶다면 이 단어를 계속해서 사용해도 상관이 없겠으나 그러기엔 여러분이 너무나 상큼하다는 생각이 듭니다. 습관처럼 튀어나오는 '어따'를 막을 길은 없겠으나 그럴 때마다 본인에게 구수함이 한 스푼씩 더해진다는 사실을 인지하며 천천히 고쳐나가 보시기를 바랍니다.

'어디에다'를 줄이면 '어따'가 아니라 '얻다'!

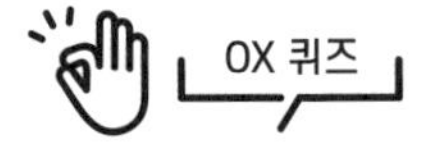

- 부장님, 싸우시는 중에 죄송하지만, 택배 왔는데 어따 둘까요? ( )
- 어따, 태리 씨. 눈치가 그렇게 없어? 얻다 두긴 얻다 둬. 내 자리에 두면 되잖아! ( )
- 태리는 웃으며 "네" 하고 대답했지만, 속으로는 '얻다 대고 소리를 질러' 하고 구시렁댔습니다. ( )

정답 : X, O, O

38

닦달하다와 닥달하다

‘설레다’라는 단어를 국어사전에 검색했다가 실소를 금치 못했던 경험이 있습니다. 전혀 예상하지 못했던 뜻을 맞닥뜨렸기 때문입니다. 마음이 가라앉지 아니하고 들떠서 두근거린다는 뜻 이외에 물 따위가 설설 끓거나 일렁거린다는 뜻을 지니고 있지 뭐랍니까. 그러니까 설레는 순댓국, 설레는 삼계탕, 설레는 감자탕 따위로 활용할 수 있다는 말이지요. 하지만 자칫 잘못했다가는 행복한 돼지 취급을 받을 수 있으므로 사용에는 주의를 기울여야겠습니다.

저를 놀라게 한 단어가 또 하나 있는데요. 그것은 바로 ‘닦다’입니다. ‘밥을 먹었으면 이를 닦아라, 발 닦은 수건으로 얼굴도 닦는구나, 눈빛이 맑으신데 도를 닦아 보시면 어떨까요’라고 쓸 수 있는 것까지는 알고 있었으나 ‘이불에다 실례한 강아지를 너무 닦아 몰지 마라’라고도 쓸 수 있다는 사실은 미처 몰랐습니다. 여기에서 ‘닦다’는 휘몰아서 나무란다는 뜻을 지니고 있답니다.

남을 단단히 윽박질러서 혼을 낸다는 뜻을 지닌 ‘닦달하다’의 받침이 굳이 쌍기역인 이유가 늘 궁금했는데요. '닭다'의 숨은 뜻을 알고 나니 그 의문이 풀리게 되었습니다. **'닭달하다'는 '닭다'에서 비롯된 말**이기 때문에 단어의 원래 형태를 밝혀 적어야 한다네요. 우리말은 알면 알수록 정말이지 설레는군요. 제가 국어 덕후라는 오해는 금물. 너무너무 어려워 열이 설설 끓어오른다는 뜻입니다.

'닦달하다'는 '닦다'에서 비롯된 말이라서 받침이 쌍기역임!

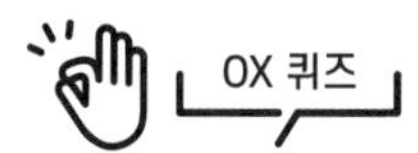

- 왜 나더러 설거지를 하라고 닥달이야? 자기들은 손이 없어 발이 없어? (　)
- 태리는 귀한 남의 집 자식을 닦아 모는 상사들을 마음속으로 닦달하며 설거지를 했다. (　)
- 컵의 물기를 걸레로 닦고 싶은 충동이 일었지만 그런 자신을 닥달하며 이성을 부여잡았다. (　)

정답 : X, O, X

39

사기충천과 사기충전

아이폰7을 처음 산 그날을 잊지 못합니다. 최신형 핸드폰을 손에 쥔 저는 "내가 바로 앱등이다 길을 비켜라!" 사기충천하여 홍대 거리를 누볐지요. 그로부터 꽤 오랜 시간이 흘렀습니다만 저는 여전히 아이폰7을 사용 중입니다. 영상통화를 하면서 카톡이라도 확인하려면 버벅거리기 일쑤이지만 그것 외에는 별다른 문제점을 느끼지 못하고 있기 때문입니다.

하지만 아이폰7은 이제 그만 나를 놓아달라는 듯 배터리를 팍팍 소모해가며 약한 모습을 보이곤 합니다. 그럴 때면 저는 아이폰을 책상 위에 가만히 눕힌 후 충전기를 꺼내 듭니다. "무슨 말씀이셔? 아직 이렇게 정정하신데!" 의욕 잃은 아이폰7의 사기를 충전하는 것이지요. 그렇게 얼마쯤 지나고 나면 녀석은 반짝 기운을 차립니다. 물론 얼마 못 가 또다시 충전을 해줘야 하지만요.

구형 아이폰 이야기를 구구절절 늘어놓은 이유는 '사기충천'과 '사기 충전'의 차이점을 말씀드리기 위해서입니다. 많은 분이 '사기충천'을 '사기충전'으로 잘못 아시는데요. 씩씩한 기세가 하늘을 찌를 듯 높다는 걸 나타내고 싶을 때는 첫 번째 문단에서처럼 '사기충천'이라고 써야 옳습니다. 단, 두 번째 문단에서처럼 재충전을 하며 활력을 되찾는 경우에는 '사기 충전'이라고 써도 괜찮다고 하네요. 띄어쓰기만 주의한다면 말이지요.

씩씩한 기세가 하늘을 찌를 때는 '사기충천', 재충전할 때는 '사기 충전'!

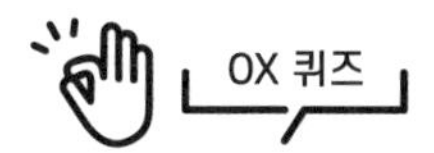

- 대리님, 저도 잠깐 눈 좀 붙일게요. 우리 같이 사기충전해요. ( )
- 사기 충전하는데는 뭐니 뭐니 해도 반차가 최고이지만 차마 그럴 순 없으니…. ( )
- 태리 인턴, 김 대리! 업무 시간에 뭣들 하는 거야! 면접 때는 사기충천하더니만 다 가식이었어? ( )

정답 : X, O, O

40

메슥거리다와 미식거리다

인터넷 뉴스 검색창에 '미식거리다'를 검색해 보았습니다. 그러자 이러한 내용을 포함한 기사들이 검색되더군요.

갯장어는 여수의 대표 미식거리다. 고추장 양념으로 버무린 삼겹살을 숯불에 구워 먹는 화로구이는 홍천을 대표하는 미식거리다. 통영의 최고 미식거리는 단연 굴이다. 포구 주변 맛집에는 꽃게무침, 바지락무침 준치회무침 등 미식거리가 수북하다.

글자만 보는데도 맛있겠네요.

이다지도 다양한 미식거리를 우걱우걱 먹다 보면 탈이 나기 마련인데요. 먹은 것이 넘어올 것처럼 속이 자꾸 심하게 울렁거릴 때 사용할 수 있는 표현은 **'메슥거리다'** 입니다. 그런데 많은 분이 '미식거리다'로 잘못 사용하지요. 미식거리를 먹고 미식거리는 건 어쩐지 좀 이상하지 않나요? 저만 이상한가요?

'미식거리'는 맛있는 걸 뜻하는 말! 속이 울렁거릴 때는 '메슥거리다'로 쓰기!

'메슥거리다'라는 건 이제 잘 알겠는데 '메'인지 '매'인지 헷갈릴 것 같아 걱정이 된다면 한시름 놓아도 괜찮겠습니다. '메슥거리다'와 '매슥거리다' 모두 바른 말이거든요. '메스껍다'와 '매스껍다'도 마찬가지이니 기분 내키는 대로 마음껏 사용하면 되겠습니다.

• 부장님, 그게 아니라 속이 울렁울렁 미식거려서 토할 것 같

아요. (　　)

- 아, 매슥거린다고? 약 한 알 먹으면 그만인 걸 가지고. 얼른 약국 다녀와. (　　)
- 태리는 약을 먹었음에도 메스꺼움이 가라앉지 않아 부장님 자리에 토하고야 말았습니다. (　　)

정답 : X, O, O

41

가혹 행위와 가오캥이

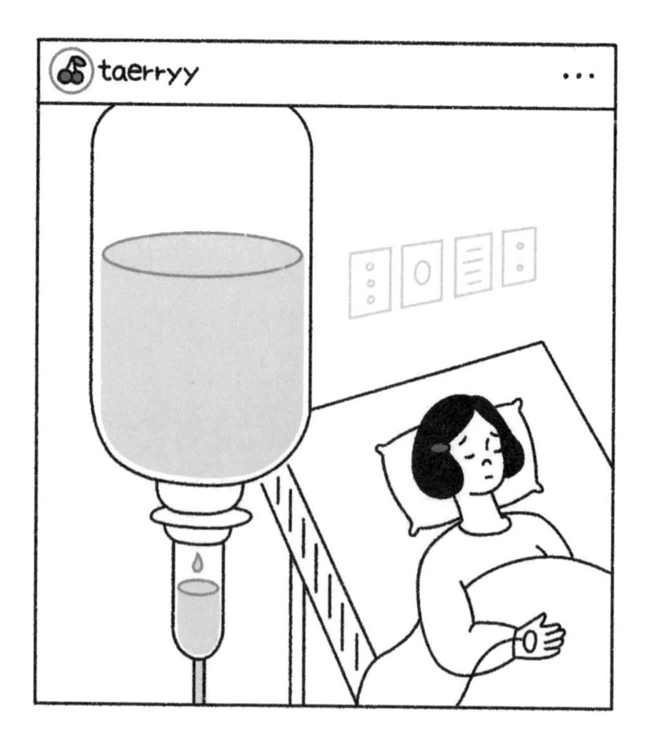

taerryy 뭘 먹고 잘못됐는지 몰라도 속이 메슥거려 반차를 쓰겠다고 했더니 약국에서 약 사 먹고 일하라는 부장…. 이런 가오캥이가 벌어지는 회사를 계속 다녀야 할까? 즐거워야 할 주말에 결국은 병원 신세. 💉

taerryy_dad 신조어인가? 요즘 애들 말은 너무 어렵단 말이지~~~

leeeeeeejune 요즘 애들이 다 그런 게 아니라 태리만 저렇게 써요. 😂

taerryy_dad 그럼 혹시 저게… 가혹행위…?

leeeeeeejune 그런듯요 ㅋㅋㅋㅋㅋ

taerryy_dad ㅠㅠㅠㅠㅠㅠㅠㅠㅠ

두 줄 요약

- 가혹 행위(O)

틀린 맞춤법으로 주변인을 곤란하게 하는 태리야말로 가혹 행위의 주범이다.

- 가오캥이(X)

42

이래라저래라와
일해라 절해라

이래라저래라 '이리하여라 저리하여라'가 줄어든 말. (한 단어이므로 붙여 씀.)

- 당신이 뭔데 남의 일에 이래라저래라 간섭하는 거요?

- **이래라저래라(O)**

  엄마 아빠가 이래라저래라 해도 내 마음대로 할 거니까 참견하지 마.

- **이래라 저래라(X) 일해라 절해라(X)**

43

로서와 로써

사직서
회사원으로써
부족함이 많아
퇴사하려 합니다.
그동안 애정으로서
보듬어주셔서
감사합니다.
대리 씨,
써방서자
몰라?
굿모닝
티처

"똘기떵이호치새초미"라는 말을 들었을 때 '자축인묘'가 떠오르고 "드라고요롱이마초미미"에는 '진사오미' 하고 외치고 싶은 마음이 든다면 축하합니다, 당신은 내일모레 마흔이 되시는군요! 이 드립을 이해하지 못하는 여러분께 설명을 덧붙이자면 라떼는 〈꾸러기 수비대〉라는 만화의 주제곡을 따라 부르며 십이간지를 자연스레 익힐 수 있었답니다.

이처럼 어린 시절에 재미있게 본 콘텐츠는 평생토록 잊히지 않기 마련인데요. 저보다 연배가 약간 높은 선생님 중《굿모닝 티처》라는 만화책을 읽은 분들은 다른 맞춤법은 몰라도 '로써'와 '로서'만큼은 바르게 사용하시더군요. 그 만화의 한 페이지를 옮겨 보자면 이러합니다.

'로써'와 '로서'의 차이점을 아무리 외워보려 해도 자꾸 까먹는다는 지훈이의 말에 영민이가 대답했습니다.

"아- 그거? 써방님과 서자만 외우면 돼."
"엥? 무슨 소리야, 그게?"

어리둥절해하는 지훈이를 위해 영민이가 설명을 덧붙이는데요. **'로써'는 '방법'을 나타낼 때 쓰이므로 써방, '로서'는 '자격'을 나타낼 때 쓰이니까 서자**로 외우면 된다고 말이지요.

만화로써(방법) 독자에게 큰 재미를 선사한 서영웅 작가는 고대 불문과 출신입니다. 지식인으로서(자격) 고품격 지식을 전파하는 데에도 일조한 것이지요. 여러분에게 무척이나 죄송스러운 말씀이지만, 잡대 정체 불문과를 졸업한 저로서는(자격) 알려드릴 것이 편법밖에 없습니다. '로서'와 '로써' 중 어떤 것을 써야 할지 헷갈린다면 그냥 '로'라고 쓰는 꼼수로써(방법) 위기를 모면하시면 되겠습니다.

써방서자! 헷갈리면 그냥 '로'라고 쓰기!

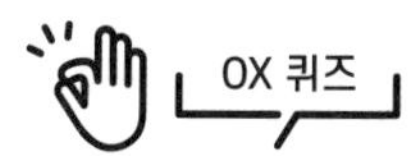

- 그나저나, 그만두고 나서 대책은 있어? 아니면 그냥 백수로서 살아가겠다는 거야? (　　)
- 부장님, 제가 눈물로서 호소를 드려야 퇴사를 허락해 주실 건가요? (　　)
- 인생 선배로써 하는 말이야. 성급하게 그만두지 말고 다시 한번 생각해 봐. (　　)

정답 : O, X, X

44

메다와 매다

'**매**다'는 '**매**듭'과 관련이 깊은 말입니다. 신발 끈을 매거나, 넥타이를 매거나, 캠핑을 가서 나뭇가지에 빨랫줄을 매거나, 커피를 테이크아웃할 때, 강아지를 가로등에 잠시 매어 두는 모습을 상상해 보세요. 모두 매듭을 지어야 가능한 일이지요? 회사를 떠나지 못하고 목을 매는 상황은 가로등에 매인 강아지 신세와 비슷하므로 이것 역시 매듭과 연관된 말이라 생각하시면 되겠습니다.

'**메**다'는 '**멜**빵'을 떠올리시면 쉬운데요. 멜빵처럼 어깨에 걸치는 상황에서 사용할 수 있습니다. 그러니까 가방은 메야겠지요. 원하신다면야 맬 수도 있겠습니다만, 그러할 경우 책보를 동여맨 꼴이 되어 〈검정 고무신〉의 기영이라는 놀림을 받을 수도 있으므로 어지간하면 가방은 메는 편이 좋겠습니다.

그렇다면 이쯤에서 퀴즈 하나. 안전벨트는 메야 할까요, 매야 할까요? 안전벨트는 멜빵처럼 어깨에 걸치는 것이니 메야 한다고 대답하셨다면 안녕히 가십시오, 다음 생에 뵙겠습니다. 안전벨트를 풀어지지 않게 단단히 매지 않고 어깨에 슬쩍 걸쳐 멘 당신은 황천길에 올랐습니다. 부디 다음 생에는 맞춤법 천재로 태어나 만수무강하시길 바랍니다. 당신의 부재에 목이 메어 말을 잇지 못하는 저는 이만….

'매다'는 '매듭'과 관련된 말. '메다'는 '멜빵'처럼 어깨에 걸칠 때 쓰는 말!

감정이 북받쳐 목소리가 잘 나지 않는 경우에도 '메다'를 쓸 수 있습니다. 정말이지 산 넘어 산이군요. 하지만 희망은 있습니다. '메다'와 '매다' 중 어떤 것을 써야 할지 헷갈린다면 '매듭'과 관련이 있는지 없는지만 생각하세요. 관련이 있다면 '매다' 없다면 '메다'로 쓰면 되겠지요?

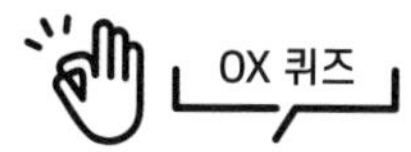

- 총대를 메고 말씀드리는 건데요. 우리 회사에는 미래가 없는 것 같아요. 부장님도 탈출하세요. ( )
- 넥타이 매고 회사 다닌 지 이십 년이 다 돼가는데 나라고 그걸 모를까? ( )
- 대출금 생각만 하면 목이 매니까 그만 얘기하자. ( )

정답 : O, O, X

45

에와 의

'의'는 [의]로 발음하는 게 원칙이지만 [에]로 발음하는 것도 허용됩니다. 편의상 [에]로 발음하는 경우가 대부분이지요. 그래서인지 많은 분이 '의'를 써야 할 경우에도 '에'를 쓰는 실수를 범하곤 합니다. 문법적인 설명으로 바로잡을 수도 있겠으나 너무너무 어려운 관계로 생략하도록 하겠습니다. 그 대신 아래의 순서에 따라 극복해 보도록 합시다.

1. '에'와 '의'가 헷갈린다면 일단은 모조리 '의'라고 쓴다.
2. 원칙대로 '의'를 [의]로 명확하게 발음해 가며 글을 소리 내어 읽어본다.
3. 자연스럽게 읽히는 '의'는 그대로 두고 이건 아닌데 싶은 부분은 '에'로 고친다.

이게 웬 약장수 같은 소리인가 싶으시겠지만 아, 일단 한번 이 과정을 거쳐 봐. 신통하게 열에 아홉은 맞아떨어져. 자아, 날이면 날마다 오는 기회가 아니야. 그냥 지나치지 마시고 소리 내서 읽어들 보셔. 효과 없으면 백프로 환불!

[예문]

거듭되는 부장님의 만류의 태리의 마음이 약해졌다. 하지만 시대의 뒤떨어지는 회사의 계속 다닐 생각을 하니 가슴이 조여왔다. 태리가 다시 한번 퇴사 의사를 밝히자 부장님이 생각에 잠겼다. "그래, 퇴사 후의 뭘 하려고?" 아직은 모르겠다는 태리의 대답의 부장님이 혀를 끌끌 찼다. 그러나 그의 눈빛의 부러움이 가득 묻어 있었다.

[정답]

거듭되는 부장님의 만류에 태리의 마음이 약해졌다. 하지만 시대에 뒤떨어지는 회사에 계속 다닐 생각을 하니 가슴이 조여왔다. 태리가 다시 한번 퇴사 의사를 밝히자 부장님이 생각에 잠겼다. "그래, 퇴사 후에 뭘 하려고?" 아직은 모르겠다는 태리의 대답에 부장님이 혀를 끌끌 찼다. 그러나 그의 눈빛에 부러움이 가득 묻어 있었다.

일단은 모조리 '의'로 쓴 다음 소리 내어 읽으면서 어색하게 느껴지는 부분을 '에'라고 고치기!

OX 퀴즈

- 이번 주 금요일에 업무를 마무리하기로 한 태리가 책상 위에 짐을 정리하기 시작했다. (　　)
- 태리는 부장님에 한숨에도 아랑곳하지 않고 콧노래까지 불렀다. (　　)
- 그런 태리를 피해 옥상에 올라간 부장님의 눈가에 눈물이 맺혔다. "아, 나도 퇴사하고 싶다!" (　　)

정답 : X, X, O

46

듦과 듬,
앎과 암

인턴님
탈의실에서 잠깐씩 쉬어도 되는데 너무 오래 쉬면 부장님이 암
출근 시간을 칼같이 지키지 않으면 종일 눈치를 줘서 하루가 힘듬
해보면 나름대로 괜찮은 일이니 즐겁게 회사생활 하시길 바라고 행운을 빔

여러분은 몇 가지 언어를 구사할 수 있나요? 저는 세 가지 언어에 능통합니다. 고향의 말인 충청도 사투리, 교양 있는 사람들이 두루 쓰는 현대 서울말인 표준어, 인터넷 언어인 음슴체까지. 필요에 따라 돌려가며 사용하지요. 요즘에는 온라인에서 대부분의 시간을 보내는지라 음슴체를 애용하고 있는데요. 아무래도 가장 편안한 언어를 사용할 때 전달력이 높아질 테니 지금부터 음슴체로 쓰겠음.

인터넷 없이 못 사는 여러분도 음슴체를 유창하게 구사할 거라는 생각이 듦. 하지만 굉장히 많은 사람이 틀리는 부분이 있다는 사실을 앎? 조금 전, 두 문장의 마지막을 '생각이 듬', '사실을 암'으로 쓰는 사람이 대부분임. 그렇지만 '들다' '알다' 처럼 **'ㄹ' 받침이 들어가는 말을 음슴체로 쓸 때는 'ㅁ'이 아닌 'ㄻ' 받침을 사용해야 함.** '듦'과 '앎'의 생김새가 아무래도 낯설어 거부감이 느껴질 것임. 하지만 '살다'를 '삶'이라고 쓰는 걸 생각해 보면 그리 이상할 것도 없음.

국립국어원에서는 음슴체가 문법적으로 틀리지 않지

만 사용하기를 권장하지는 않음. 하지만 간단하고 명료한 언어를 선호하는 시대의 흐름을 세종대왕도 막지 못할 것임. 어차피 쓰는 말 이왕이면 제대로 써서 교양 있는 네티즌들이 두루 쓰는 현대 음슴체를 확립하자 이 말임. 익숙해지는 데는 시간이 걸리겠지만 똑똑한 여러분은 금방 해낼 수 있을 거라 믿음. 아무쪼록 행운을 빎.

'ㄹ' 받침이 들어가는 말을 음슴체로 쓸 때는 'ㅁ'이 아닌 'ㄻ' 받침을 사용함!

밑줄 친 부분을 음슴체로 바꿔 보시오.

- 잠깐 자리를 비운 사이 새로 입사한 인턴이 전화를 걸었다.
  →
- 내가 보낸 메시지가 '탈출해' 세로 드립이냐고 캐물으며 자꾸만 귀찮게 굴었다. →
- 그렇다고 대답했더니 자기도 그냥 퇴사하고 싶다며 울었다. →

정답 : 걺, 굶, 욺

47

대갚음하다와 되갚다

표준국어대사전을 검색하다 보면 놀라움을 금치 못할 때가 많습니다. 한번은 '얼레리꼴레리'가 표준어인지 궁금해 찾아본 적이 있는데요. 아니 이런 맙소사 '알나리깔나리'가 맞는 말이라지 뭡니까. 사전 편찬 위원들은 '알나리깔나리-♪ 알나리깔나리-♪' 하고 친구를 놀린다고? 취향 한번 특이하네.

또 한번은 '되갚다'가 바른 말인지 궁금해 찾아보았더니 검색이 되질 않더군요. 이에 대한 국립국어원의 변은 이러합니다. '되갚다'는 '도로'의 뜻을 더하는 접사 '되'에 '갚다'가 합쳐진 꼴로 틀렸다고 볼 수는 없으나 접사가 붙은 말을 사전에 모두 등재하기 어려워 표제어로 선정되지 못했다고요. 아니, '알나리깔나리'는 되고 '되갚다'는 안 된다? 취향 진짜 특이하네.

어쨌든 '되갚다'가 표준국어대사전에 등재되어 있지 않을 뿐, 틀린 말은 아니라고 하니 저술업에 종사하지 않는 이상 그냥 사용하셔도 괜찮겠습니다. 만일 음슴체로 쓴다면 '그동안 받았던 수모를 되갚음'이라고도 써도 별다른 무리가 없겠지요. 물론 국립국어원은 이러한 문장을 권장하지 않겠지만 제가 앞 페이지에서 뭐라고 했죠? 세종대왕도 우리를 막을 수 없다!

국립국어원처럼 훈장님 마인드를 지니신 분들을 위해 바른말도 알려드리도록 하겠습니다. '남에게 입은 은혜나 남에게 당한 원한을 잊지 않고 그대로 갚다'라는 뜻을 나타내는 말은 '대갚음하다'라고 하는군요.('대갚다' 아님 주의!) 그러니까 '그동안 받았던 수모를 대갚음했다'라고 쓰시면 되겠지요. 아무래도 제 눈엔 '알나리깔나리'급의 단어로 보이지만 취향이라면 존중해 드리겠습니다.

'대갚음하다'가 표준어이지만 '되갚다'라고 써도 큰 문제는 없음!

- 뭐야, 사진 이상하게 찍었잖아. 그동안 힘들었던 거 이렇게 대갚는 거야? (   )
- 되갚긴 뭘 되갚아요, 부장님. 요즘에는 다 이렇게 재미있게 찍어요. (   )
- 알았으니까 그 사진 어디다 올리지 마. 두고두고 대갚음할 거야! (   )

정답 : X, △, O

48

무운을 빈다

taerryy 그동안 감사했습니다. 힘든 일도 많았지만 그래도 그리울 거예요. 💜

leeeeeeejune 축! 퇴사!

boojang 웃기게 나온 사진 올리지 말라니까 결국 올렸네...ㅋ 역시 태리 씨는 못 말려! 어제 인사도 잘 못하고 헤어진 것 같아서 아쉽네. 아무쪼록 무운을 빌어!

> **taerryy** 부장님, 아무리 제가 얄미워도 그렇지 굳이 운이 없기를 빈다는 게 저는 잘 이해가 안 되네요.
>
> **boojang** 내가 왜 無運을 빌겠어. 武運을 빈다고.
>
> **taerryy** 죄송하지만 차단할게요.

두 줄 요약

- 무운武運(O)

자신의 앞날이 궁금했던 태리는 용한 역술가를 찾아가 무운을 점쳤다.

- 무운無運(X)

49

모르는 게 상책과 모르는 개 산책

함께 알기

상책 가장 좋은 대책이나 방책.

- 위험한 길은 처음부터 피해 가는 게 상책이다.
- 지난 일은 흘려버리는 게 상책이야.

산책 휴식을 취하거나 건강을 위해 천천히 걷는 일. ≒산보

- 아버지는 매일 아침 산책 삼아 뒷산에서 약수를 떠 오신다.
- 거리로 산책을 나가다.

두 줄 요약

- 모르는 게 상책(O) 상책(O)

실수한 일은 빨리 잊는 게 상책이니까 자꾸 생각하지 마.

- 모르는 개 산책(X) 산책(O)

나가서 산책이라도 하면서 기분 전환 좀 해봐.

PART 3 :
고급편

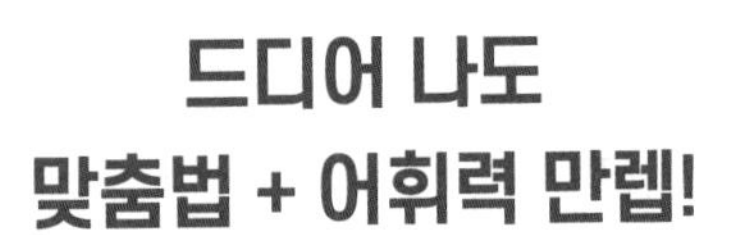

드디어 나도
맞춤법 + 어휘력 만렙!

50

심란하다와 심난하다

마음이 평온하지 않고 어수선함을 나타내는 말은 '심란하다'입니다. **마음 심心, 어지러울 란亂 자를 사용**하지요. 이를 '심난하다'라고 잘못 쓸 경우 완전히 다른 뜻이 되어버리니 유의해야겠습니다. 심할 심甚, 어려울 난難 자를 사용하는 '심난하다'는 매우 어려운 상황을 표현하고자 할 때 쓰는 말이거든요.

어지러운 심경을 나타내고 싶은데 심란과 심난 중 어떤 것을 써야 할지 헷갈린다면 '어지러울 란亂'을 사용하는 다른 단어를 떠올려 보세요. 소란, 혼란, 요란, 반란, 분란, 광란, 문란, 현란, 임진왜란까지. 어지러운 단어들은 죄다 란 자 돌림이니 심난이 아니라 심란이겠구나, 하고 유추할 수 있겠지요.

호기심 많은 독자께서 한자 사전을 검색해 보시고는 "난동, 난리, 난무, 난입, 난잡, 난장도 같은 한자를 쓰던데요? 그럼 심란이 아니라 심난이라고 할 수도 있는 거 아닌가요?" 하고 물으신다면 이보시오, 동무. 남한 땅에서 란동, 란리, 란무, 란입, 란잡, 란장이라고는 쓸 수 없지 않갔어? 두음법칙이 적용돼서 '란'이 '난'으로 바뀐 거니까네 쓸데없는 란동 부리지 말고 날래날래 다음 장으로 넘어가시라요!

소란, 혼란, 요란, 심란. 어지러운 단어들은 죄다 '란' 자 돌림!

- 엄마에게 큰소리는 떵떵 쳤지만 돈 들어올 구석이 없는 태리의 마음은 심난했다. (　　)
- 앞으로 무슨 일을 해서 돈을 벌어야 할까. 심난한 과제를 받아 든 태리가 고민에 빠졌다. (　　)
- 아빠가 엄마 몰래 용돈을 주자 심란했던 태리의 얼굴에 웃음꽃이 피었다. (　　)

정답 : X, O, O

51

새우다와 새다

세종대왕과 그의 둘째 아들인 세조는 석가모니의 생애를 다룬 불교 경전인 〈월인석보〉를 지었습니다. 최초의 한국어 불교 경전인 데다가 왕이 직접 저술했다는 가치까지 더해져 조선 초기 불교문화의 정수로 꼽힌다고 하네요. 안 그래도 바쁘신 분들께서 어쩌다가 불경까지 쓰게 되셨는지 〈월인석보〉의 서문 중 한 구절을 함께 읽어볼까요?

> 만 가지 정사가 비록 많으나, 어찌 겨를이 없으리오. 자지 아니하며, 음식을 잊어, 해가 다 가며 날을 이어, [날을 잇는다는 것은 **밤을 새우는 것이다.**] (…) 서천의 글자로 된 경이 높이 쌓였으매 볼 사람이 오히려 읽고 외기를 어려이 여기지만, 우리나라 말로 옮겨 써서 펴면 들을 사람이 다 능히 크게 우러를 것이니.
>
> 역주 월인석보 제1

간단히 말하자면, 인도 말로 된 불경을 읽고 싶어도 못 읽을 테니 안 자고 안 먹고 밤을 새워 한글로 된 경전을 썼다는 말입니다. 여기에서 우리가 눈여겨보아야 할 것은 굵게 표시된 부분인데요. 원문에는 '밤 새알씨라'라고 기록되어 있더군요. '한숨도 자지 아니하고 밤을 지내다'의 옛말이 '새아다'였다고 하네요. 이 말이 시간이 흐르고 흘러 '새우다'로 바뀐 것이지요.

'새우다'와 비슷하게 생겨 우리를 혼란스럽게 하는 '새다'는 날이 밝아 오는 것을 뜻하는 말입니다. 밤을 새우는 건 나의 의지이지만, 날이 새는 건 나의 의지와는 아무런 상관이 저절로 일어나는 일이지요. 두 단어의 차이점, 아시겠나요? 밤을 새우는 건지 새는 건지 헷갈린다면 '새아다'를 떠올려 보세요. 그런데도 '새우다'가 유추되지 않는다면 방법은 하나뿐입니다. 자지 아니하며, 음식을 잊어, 맞춤법 공부하며 밤을 새알씨라!

내 의지로 잠을 안 잘 때는 '새우다', 내 의지와 상관없이 날이 밝아오는 건 '새다'!

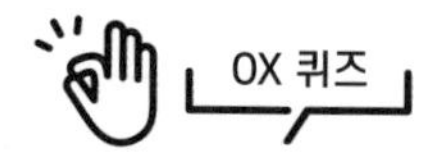

- 남들은 공부하느라 밤을 샌다는데 우리 태리는 언제쯤이면 정신 차리려나. (　)
- 태리 엄마, 날이 새도록 잔소리해 봤자 당신 입만 아프니까 그냥 냅둬요. (　)
- 밤을 꼬박 새웠더니 졸려 죽겠네. 잘 테니까 깨우지 마! (　)

정답 : X, O, O

52

좇다, 쫓다와 좆다

엄마
엄마 오늘 늦어. 군것질 하지 말고 밥 챙겨 먹어.
집에서 텔레비전만 보지 말고 나가서 산책도 하고.
혹시 심심하면 청소랑 설거지도 부탁해. ^^
엄마, 이불 밖은 위험해!
멍...
난 나야! 엄마의 의견을 쫓지 않아!

단어가 MBTI 검사를 한다면 그 결과가 어떨까요? 제 생각에 마라탕은 즉흥적이고 열정 넘치는 ESFP일 것 같고 전복죽은 따뜻하고 헌신적인 ISFJ일 것 같습니다. 회초리는 통솔력 넘치는 ENTJ, 도서관은 사색을 즐기는 INTP가 아닐까 싶고요. '좇다'와 '쫓다'에 대해서도 곰곰이 생각해 봤는데요. '쫓다'는 외향적인 E, '좇다'는 내향적인 I임이 분명합니다.

외향적인 '쫓다'는 한자리에 앉아 있지 못하고 늘 분주합니다. 쫓고 쫓기는 추격전을 벌이거나, 전자 파리채를 휘두르며 벌레를 쫓거나, 잠을 쫓기 위해 자리에서 벌떡 일어나는 모습을 상상해 보세요. 게다가 생긴 것도 발음도 외향적인 친구처럼 경쾌하지 않나요?

반면, 내향적인 '좇다'는 엉덩이가 무거워 좀처럼 움직일 줄 모릅니다. 현실은 시궁창이지만 행복을 좇거나, 친구의 의견을 좇아 맞장구를 치거나, 산책을 즐기는 강아지를 눈으로 좇는 것 모두 가만히 앉아서 할 수 있는 일이지요. 게다가 생긴 것도 발음도 내향적인 친구처럼 차분하잖아요.

간단히 말해 **공간의 이동이 있다면 '쫓다'를, 공간의 이동이 없다면 '좇다'**를 쓰시면 되겠습니다. 그리 어렵지 않지요? 마지막으로 당부의 말씀을 드리자면 '좇다'의 받침은 ㅊ이라는 점입니다. ㅊ이 아닌 ㅈ 받침을 사용할 경우 무척이나 망측한 단어가 되어버린다는 점을 명심 또 명심하세요.

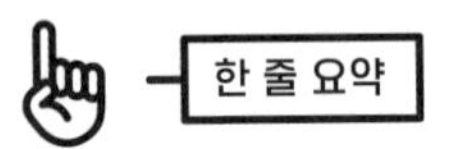

공간의 이동이 있을 때는 '쫓다', 공간의 이동이 없을 때는 '좇다'!

OX 퀴즈

- 화면 속에서 아이돌의 춤사위를 눈으로 쫓던 태리의 표정이 점점 어두워졌다. (　)
- 아빠는 상심 가득한 얼굴로 화장실로 달려가는 태리를 달래주려 뒤를 좇았다. (　)
- 급똥이 마려워 화장실에 왔는데 왜 따라오느냐며 태리가 아빠를 쫓았다. (　)

정답 : X, X, O

53

한참과 한창

'한참'과 '한창'은 모두 시간과 관련된 말입니다. 받침 하나만 다를 뿐 생김새도 비슷하지요. 그래서인지 두 단어를 혼동하여 사용하는 경우가 종종 눈에 띄더군요. 이에 대해 주저리주저리 설명을 늘어놓기보다는 그림으로 보여드리는 쪽이 이해가 빠를 듯싶어 태리의 하루를 시각화해 보았습니다.

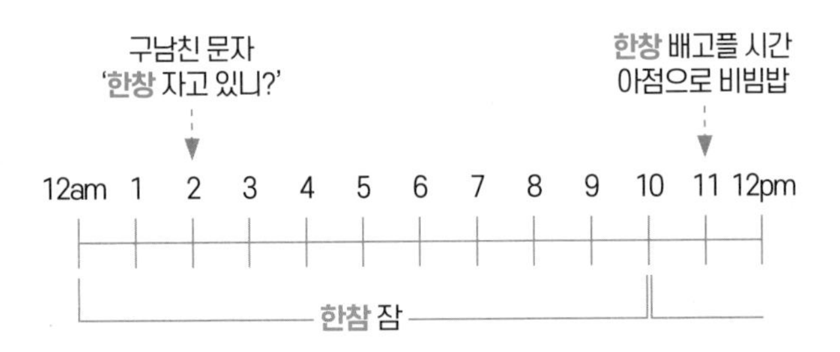

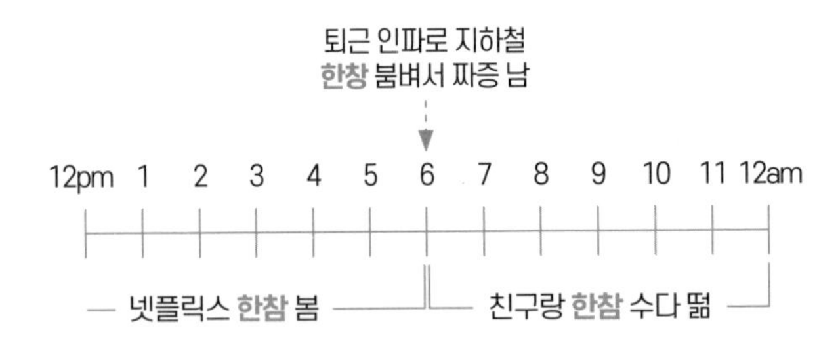

백수 태리는 남는 게 시간입니다. 허리가 아플 때까지

한참 자고, 눈알이 빠질 때까지 한참 넷플릭스를 보고, 목이 쉴 때까지 친구와 한참 수다를 떨었지요. 이처럼 **'한참'**은 **'어떤 일이 상당히 오래 일어나는 모양'**을 뜻하는 말입니다. ㅁ 받침처럼 시간의 면이 넓게 존재한다고 생각하면 기억하는 데 도움이 되지 않을까 싶습니다.

반면 **'한창'**은 **'어떤 일이 가장 활기 있고 왕성하게 일어나는 때'**를 나타내는 말입니다. ㅇ 받침으로 점을 찍듯 시간을 콕 찍을 수 있지요. 구남친은 하고많은 시간 중 태리가 한창 자고 있을 새벽 2시에 문자를 보냈네요. 밥이야 언제든 맛있지만 한창 배고픈 점심때에 먹었더니 꿀맛이었고요. 지하철이 한산한 다른 시간에 약속을 잡았으면 좋았으련만 한창 붐비는 퇴근 시간에 지옥철을 타서 진이 빠졌군요.

이렇게 한참 설명했으니 두 단어의 차이점을 느끼셨으리라 믿습니다. 살짝 불안하긴 하지만 한창 배고픈 저녁 시간이 되었기에 이쯤에서 손을 놓으려 합니다. 혹시나 이해가 가지 않아 페이지를 넘기고 싶은 마음이 들더라도 시간을 한참 들여 글을 읽어보세요. 어휘 공부에 한창 열을 올리고 있는 지금이 아니라면 언제 또 이 단어를 공부하겠어요.

'한참'은 시간의 면, '한창'은 시간의 점!

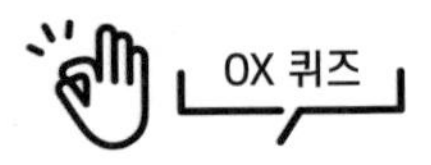

- 한참 자고 있을 줄 알았던 엄마가 태리를 기다리고 있었다. (　)
- "뭘 그렇게 한참 놀다 들어와? 지금 시간이 몇 신데 일찍 일찍 못 다녀?" (　)
- "한창 놀 때니까 봐줘." 아빠가 태리의 편을 들어준 덕에 겨우 목숨을 건질 수 있었다. (　)

정답 : X, O, O

54

반드시와 반듯이

'반드시'와 '반듯이'의 발음이 [반드시]로 같으니 두 단어를 혼동하는 건 당연한 일인지도 모르겠습니다. 오죽하면 한글 맞춤법 규정에서도 '반드시'는 '틀림없이 꼭'이라는 뜻을, '반듯이'는 '비뚤어지거나 기울거나 굽지 아니하고 바르게'라는 뜻을 나타낸다며 두 단어를 각각 구별하여 적기를 신신당부했을까요.

제가 조금 더 쉬운 예를 들어 거듭 당부드리겠습니다. '반듯이'가 뉘 집 자식인지 가만히 생각해 보세요. '반듯이'는 '반듯하다'에서 나고 자란 말입니다. 뿌리가 같으니 그 형태도 '반듯'으로 같게 쓰는 것이 옳겠지요. 반면 '반드시'는 반듯 집안과는 이웃사촌도 되지 못하는 단어입니다. 그러므로 그 형태를 따르지 않고 그냥 '반드시'로 써야 한답니다.

틀린 맞춤법을 반듯이 바로잡을 필요는 있지만, 맞춤법을 반드시 정복하지는 않아도 괜찮습니다. 우리에게는 편법이 있으니까요. 두 단어가 아무래도 헷갈린다면 '반드시'는 '꼭'으로, '반듯이'는 '바르게' 정도로 바꾸어 써도 사는 데 아무 지장이 없으니 그리하면 되겠습니다.

‘반듯하다’와 상관이 있다면 그 형태를 따라 ‘반듯이’, 상관이 없다면 그냥 ‘반드시’로 쓰기!

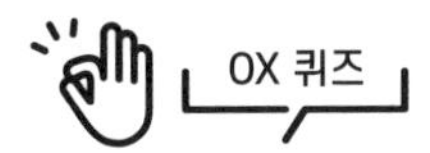

- 그래서 하는 말인데 유튜브를 하려면 반듯이 최신형 카메라가 필요해. (　)
- 요즘 카메라는 수평을 안 맞추고 찍어도 자동으로 반드시 보정해 준대! (　)
- 유튜브로 성공해서 반드시 갚을게! (　)

정답 : X, X, O

55

실례지만과 신뢰지만

taerryy 신뢰지만 프로필 링크 누르고 들어가서 구독 좀 해주시겠어요?

leeeeeeejune 실레지만 신뢰가 안 가서 님 유튜브 구독을 못 하겠어요.

taerryy_mom 신뢰합니다. 그런데 혹시 제가 숙제로 내준 맞춤법 공부는 좀 하셨나요?

> **taerryy** 엄마는 나를 신뢰한다면서 왜 숙제 검사를 하려고 해!
>
> **taerryy_mom** 아직 뭐가 이상한지 모르겠어? 

두 줄 요약

- **실례지만(O) 실례(O)**

  실례를 무릅쓰고 다시 한번 부탁드리는데 제발 구독 좀 해주세요.

- **신뢰지만(X) 신뢰(O)**

  신뢰를 주지 못하는 영상은 만들지 않을 거예요.

56

사례들리다와 살해들리다

사레 음식을 잘못 삼켜 기도 쪽으로 들어가게 되었을 때 갑자기 기침처럼 뿜어져 나오는 기운.

• 사레가 들렸는지 자꾸 기침을 해요.

사레들리다 음식이 기도 쪽으로 들어가 갑자기 기침 따위를 하는 상태가 되다.

(한 단어이므로 붙여 씀.)

• 그는 사레들려 심하게 기침을 했다.

살해 사람을 해치어 죽임.

• 살해 사건.

- 사레들리다(O) 사레(O)

사레들린 기침이 멈추지 않아 태리의 얼굴이 벌게졌다.

- 살해들리다(X) 살해(O)

살해 시도라도 하는 거야 뭐야! 떡볶이가 왜 이렇게 매워!

57

든과

던

브이로그던 먹방이던 무엇이던
시도해 보려고 해요.
많은 관심
부탁드려요!
[Vlog] 태리의 일상
조회수 4
태리태리 3
3
공유
Thanks
클립
저장

물건이나 일의 내용을 가리지 않는다는 뜻을 나타낼 때는 '든'을 씁니다. 마라탕과 엽떡을 비등비등하게 좋아하는 태리가 먹방 메뉴를 고를 적에 "마라탕이든 엽떡이든 다 좋아!" 하고 말할 수 있겠지요. 지난 일을 이야기하려 할 때는 '던'을 씁니다. 수익이 없어 더는 먹방을 지속하지 못하는 태리가 배가 고프면 "먹방 할 때 먹었던 마라탕 생각난다…." 하고 말할 수 있겠네요.

간단히 말해 **'든'은 상관없음, '던'은 과거와 연관이 되어 있다**고 보시면 되겠습니다. 하지만 말이 간단하지 실제 언어생활에 적용하려 하면 여전히 헷갈리기만 하지요. 그럴 때면 '아무튼'이라는 단어를 떠올려 보세요. '어떻게 되어 있든'의 뜻을 지닌 이 단어는 '아무러하든'이 줄어든 말입니다. 과거가 아닌 상관없음과 관계된 단어이기 때문에 '튼(든)'을 사용하고 있네요.

아무튼! '든'이 상관없음과 관계된 단어라는 걸 확실히 알게 되었으니 '던'은 자연히 과거와 연관되어 있다는 걸 추론할 수 있으시겠지요? '든'이든 '던'이든 상관없이 썼던 과거와는 이제 그만 작별을 고하도록 합시다.

부끄러웠던 지난날이여 안녕! 앞으로도 계속 틀릴 것 같기는 하지만 어찌 되었든 어제보다는 나으리!

'든'은 상관없음을 나타내고자 할 때, '던'은 과거를 말하고자 할 때 씀!

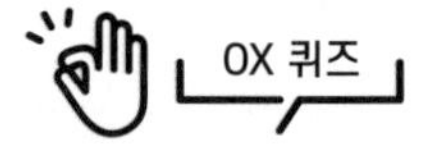

- 어떤 콘텐츠를 하시든 맞춤법을 틀리면 성공 못 해요. 기분 나쁘셨다면 죄송…. (　)
- 기분 나쁘기는요. 어떠한 댓글이던 감사히 받아들일게요. (　)
- 악플이든 선플이든 상관없으니까 앞으로도 댓글 많이 달아 주세요. (　)

정답 : O, X, O

58

소곤소곤과 소근소근

옛날 옛날 한 옛날, 한글 모음계를 지배하던 양대 산맥이 있었습니다. 그것은 바로 양성모음파와 음성모음파였습니다. 어감이 밝고 산뜻한 양성모음은 양성모음끼리(ㅏ, ㅐ, ㅑ, ㅒ, ㅗ, ㅘ, ㅙ, ㅚ, ㅛ), 어감이 어둡고 큰 음성모음은 음성모음끼리(ㅓ, ㅔ, ㅕ, ㅖ, ㅜ, ㅝ, ㅞ, ㅟ, ㅠ, ㅡ, ㅢ) 어울려 다니기를 좋아했지요.

그런데 어둠의 세력인 음성모음의 힘이 날이 갈수록 커져 양성모음의 영역을 침범하기에 이르렀습니다. 완벽한 양성모음파였던 '깡총깡총'이 음성모음파에게 영역을 반절 빼앗겨 '깡충깡충'으로 변하게 된 것이 대표적인 사례입니다. 그 뒤를 이어 '쌍동이'는 '쌍둥이'가 되었고 '오뚝이'는 '오뚜기'가 되었지요.

그러던 어느 날, 양성모음 파인 '소곤소곤'에게 음성모음파가 접선을 시도했습니다. 요즘 대세인 우리 파로 반절만 넘어와 '소근소근'이 되지 않겠냐고 말입니다. 하지만 의리 빼면 시체인 '소곤소곤'은 양성모음파에 남아 있기로 했지요. 그러니 여러분께서도 '소곤소곤'의 의리에 힘을 보태주시기를 바랍니다. 양성모음파의 자존심에 더는 스크래치를 내지 말아 주세요!

'소곤소곤'은 밝고 산뜻한 모음만 모여 있는 양성모음파!

- 태리 님, 자막 맞춤법 틀리신 것 같아요. (소곤소곤) (　)
- 윗댓 님, 님 댓글 맞춤법도 틀리신 것 같은데요. (소근소근) (　)
- 댓글이 두 개나 달리다니! 너무 기뻐 깡충깡충 뛰고 있어요! 말씀하신 맞춤법도 잘 살펴볼게요! (　)

정답 : O, X, O

59

출연과 출현

실시간 채팅
taerryy_fan
나도 먹고 싶당!
taerryy_fan
언니, 푸주 먹어 주세요!
taerryy_anti
납작 당면은 출현한 거고 출연은 뒤에 어머님이 하신 것 같은데요?
마라탕에 납작 당면 출연! 전 분명히 추가한 적이 없는데 왜죠?

우리가 사용하는 단어의 절반 이상은 한자로 이루어져 있습니다. 한글로 봤을 때는 헷갈리던 단어도 어떠한 한자가 쓰였는지 알고 나면 오히려 명확하게 느껴지기도 한답니다. 누군가와 사랑에 빠진 상황을 '연예'하고 있다고 표현하는 사람에게 "그리워할 연戀, 사랑 애愛 자를 써서 '연애'라고 쓰셔야 옳습니다" 하고 알려주면 백이면 백 무릎을 치지요. '출연'과 '출현'도 한자를 알고 나면 그리 어렵지 않습니다.

'출연'은 연기, 연설, 공연, 강연 **따위를 하기 위해 무대나 텔레비전 등에 나가는 것을 뜻하는 말**로 날 출出, 펼 연演 자를 사용합니다. 밑줄 친 단어들도 같은 연 자를 쓰지요. 각 단어가 뜻하는 바는 모두 다르지만 누군가가 어딘가에 나가서 쇼를 펼친다는 공통점을 지니고 있답니다. 그리고 출연을 뒤집으면 연출이라는 단어가 되는데요. 연출이 방송 관련 단어이니 출연 역시 방송과 관계가 깊구나, 정도로 생각해도 되겠습니다.

'출현'은 없던 것이나 숨겨져 있던 것이 나타나서 드러나는 것을 뜻하는 말로 날 출出, 나타날 현現 자를 사용합니다. 기존에 없던 새로운 아이폰이 세상에 나타났을 때, 깨끗한 줄만 알았던 우리 집에 바퀴벌레가 나타났을 때, 지긋지긋한 코로나19 변이 바이러스가 또 나타났을 때. 그러니까 무엇인가 갑자기 툭 튀어나왔을 때 사용하면 되겠습니다.

맞춤법 공부만으로도 머리가 아픈데 한자 공부까지 하려니 이만저만 힘든 게 아니지요? 하지만 너무 괴로워하지 마세요. 저도 몰라서 네이버 한자 사전에서 복사 붙여넣기 했거든요. 한자를 굳이 외울 필요 없이 그냥 쓰윽 읽어보기만 해도 도움이 된다는 말입니다. 그러니 우리 모두 다 함께 무릎 한 번 치고 다음 페이지로 넘어가도록 합시다.

'출연'은 쇼를 펼치는 것, '출현'은 갑툭튀!

- 예상치 못한 납작 당면의 출현으로 잠시 당황했지만 프로답게 계속 먹어보도록 할게요. (　　)
- 여러분은 새로운 먹방 스타의 출연을 실시간으로 보고 계십니다. (　　)
- 저의 최종 목표는 쯔양 님 채널에 출현하는 거예요. (　　)

정답 : O, X, X

60

나으세요와 낳으세요

출산과 관련된 문장에서는 '낳다'를, 회복과 관련된 문장에서는 '낫다'를 사용한다는 사실은 누구나 알고 있습니다. 혹시나 '난 몰랐는데… 쒸익….' 하며 기가 죽었다면 이제 그만 어깨를 당당히 펴세요. 지금이라도 알았으니 됐습니다. 문제는 이 단어들이 활용될 때입니다. 순수한 우리를 시험에 들게 하지요. 바로 이런 식으로 말입니다.

역병에 걸려 자가격리에 들어간 지인에게 안부 문자를 보내려는 당신. 회복과 관련된 문장이니 '낫다'를 활용하여 '빨리 낫으세요' 하고 메시지를 작성합니다. 그런데 아무래도 이상합니다. [나스세요] 하고 발음이 됐기 때문이지요. 어? 내가 잘못 알고 있었나? 회복은 '낫다'인 줄 알았는데…. 혹시나 하는 마음에 '빨리 낳으세요'라고 고쳐 쓴 후 읽어보니 [나으세요] 하고 자연스럽게 읽힙니다. 그제야 마음이 놓여 전송 버튼을 눌렀다면 삐빅, 탈락입니다.

'낫다'가 '으세요'처럼 모음으로 시작하는 말과 만나면 'ㅅ'이 탈락해 '나으세요'로 활용됩니다. 같은 이유로

'낫아, 낫아서, 낫으면'가 아니라 '나아, 나아서, 나으면'이라고 써야 하지요. 회복과 관련된 문장을 쓸 때는 뚝심 있게 '낫다'를 활용하세요. 그러고 나서 발음이 이상하게 느껴진다면 살포시 ㅅ을 지워주세요. 우리 독자 여러분이 더는 '낳다'에 현혹되지 않기를 간절히 바라오며 세종대왕의 이름으로 기도하옵나이다, 제발.

회복과 관련된 문장은 무조건 '낫다'를 활용해서 써야 함. 발음이 이상하게 느껴지면 'ㅅ'을 지우면 됨!

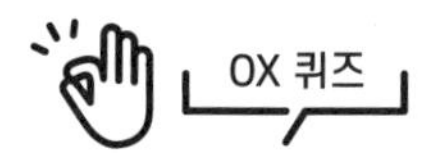

- 최미남이 임신을 했다고요? 진짜 아기를 낳았나요? (　　)
- 그게 아니라 자가격리 중이래요. 초기에는 고열에 시달렸는데 이제는 낳았다고 합니다. (　　)
- 어그로를 끌려고 맞춤법을 틀린 건지 아니면 몰라서 틀린 건지? 어쨌든 유튜브가 나은 괴물이네요. (　　)

정답 : O, X, X

61

애먼과 엄한

저의 맞춤법 실수로 엄한 배우가 남자임에도 불구하고 임신설에 시달렸습니다.
죄책감에 잠을 이루지 못했습니다. 최미남 배우님 죄송합니다.
최미남 배우님, 진심으로 사과드립니다.
조회수 4.9천회
대리대리 17
46
공유
Thanks
클립
저장

태리는 또 한 번 논란에 휩싸일지도 모르겠습니다. 따스한 성품을 가진 것으로 유명한 배우에게 엄한 배우라는 프레임을 씌우다니요. 떠오르는 논란 제조기답네요. 물론, 이번만큼은 조용히 넘어갈 것 같기도 합니다. 왜냐하면 대부분의 사람은 '엄한 배우'라는 말이 틀린 줄도 모르거든요. **'엉뚱한'의 뜻을 나타내고자 할 때는 '애먼'이라는 단어를 사용해야 한다**는 사실, 모르셨지요?

'엄한'은 규율이나 단속 따위가 매우 딱딱하고 냉정하거나, 사람이나 그 성격이 매우 철저하고 위엄 있을 때 쓸 수 있는 말입니다. 엉뚱하다는 뜻은 전혀 내포하고 있지 않지요. 그런데 어쩌다가 '애먼'의 자리를 '엄한'이 꿰차게 되었을까요? 알고 보니 일부 지방에서는 '애먼'을 '어만'으로 말한다고 하네요. 말이라는 것이 입에서 손으로 옮겨져 글이 되다 보니 '어만'이 '엄한'으로 받아 적히게 된 것이지요.

'애먼'이라는 단어가 아무래도 낯설겠지만, 자신의 언어 습관을 엄하게 다스리며 익숙해지도록 노력해 보세요. 더는 애먼 단어 잡지 말자고요!

'엉뚱한'의 뜻을 나타내고자 할 때는 '엄한'이 아니라 '애먼'!

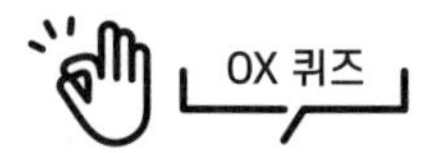

- 근거 없는 영상은 업로드될 수 없도록 엄한 규제가 필요하다고 봄. (　　)
- 내용은 임신과 관련이 없었어요. 맞춤법 실수였을 뿐이니까 엄한 댓글 달지 맙시다. (　　)
- 맞아요. 엄한 온라인 시어머니들이 애먼 유튜버 잡는 경우 많이 봤네요. (　　)

정답 : O, X, O

62

물의를 일으키다와 무리를 일으키다

taerryy 사과 영상을 올렸지만 못 보신 분도 계실 것 같아 인스타에도 업로드합니다. 저로 인해 피해를 입으신 배우분께 진심으로 사죄드립니다. 무리를 일으켜 죄송합니다. 당분간 자숙의 시간을 갖도록 하겠습니다.

taerryy_anti 사과문 올리기 전에 맞춤법 검사기 안 돌려 보시나요? 너무 진정성 없게 느껴지네요. 구독 취소합니다.

taerryy_fan 언니 영상이 무리이기는 했어요. 누구나 실수할 수 있는 거니까 너무 힘들어하지 마세요.

taerryy_mom 이게 다 맞춤법 공부를 제대로 시키지 않은 제 탓이에요. 앞으로 함께 공부해 나아갈 테니 조금만 부드럽게 대해 주세요.
그리고 내 딸 태리야. '무리'가 아니라 '물의'란다. 만물 물物, 의논할 의議 자를 써서 많은 사람이 이러쿵저러쿵 논평하는 걸 뜻하는 거야.
이번 일로 맞춤법이 얼마나 중요한지 깨달았길 바라. 💜

- 물의를 일으키다(O) 물의(O)

태리는 물의를 자아낼 만한 영상을 절대로 만들지 않기로 다짐했다.

- 무리를 일으키다(X) 무리(O)

그동안 무리해서 영상을 올리느라 몸도 축났으니 이번 기회에 휴식을 갖기로 했다.

63

깜깜무소식과 꽝꽝무소식

태리태리

여러분,
그동안 꽝꽝무소식이라 답답하셨죠?
자숙의 시간을 가지며
새로운 콘텐츠를 준비해 봤어요.
영상은 월요일에 업로드될 예정이에요.
기다려주셔서 감사합니다.

게시물 댓글

taerry_fan
언니, 드디어! 너무 보고 싶었어요!
2

taerry_anti
어제 자숙 들어가지 않았나요? 그리고
커뮤니티 글 올릴때도 맞춤법 검사기 좀.
님은 진짜 꽝인듯.
15

taerry
구독 취소 안 하셨군요! 감사합니다!

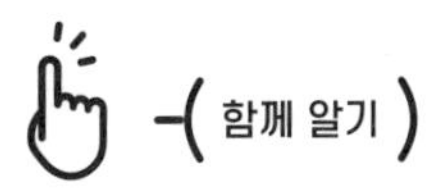

깜깜 ❶ 아주 까맣게 어두운 모양. ≒ 깜깜히.

- 아주 깜깜한 밤이었다.

❷ 어떤 사실을 전혀 모르거나 잊은 모양.

- 무슨 일을 해야 할지 전혀 깜깜이었다.

깜깜무소식 소식이나 연락이 전혀 없는 상태. ≒ 감감무소식. (한 단어이므로 붙여 씀.)

- 잠깐 볼일 보고 돌아온다던 사람이 세 시간이 지나도록 깜깜무소식이야.

두 줄 요약

- 깜깜무소식(O)

깜깜무소식인 것보다 이렇게 악플이라도 달아주시는 게 저는 더 좋아요.

- 꽝꽝무소식(X)

64

할게요와 할께요

오늘은 냉동실에서 십 년 묵은 인절미로 슬라임을 만들어보도록 할께요.
고소하고 쫀득한 인절미 슬라임
조회수 613회
태리태리 89
101
공유
Thanks
클립
저장

자꾸 조직폭력배 같은 얘기를 해서 죄송합니다만, 옛날 옛날 한 옛날 형태주의파와 표음주의파가 있었습니다. 형태주의파는 [나무]나 [하늘]과 같은 말은 소리 나는 대로 적어도 괜찮지만, [꼰노리] [꼳따발]과 같은 말은 소리 나는 대로 적지 않고 어법에 따라 꽃놀이, 꽃다발로 적어야 한다고 말했습니다. '꽃'이라는 하나의 단어를 소리를 좇아 각기 다른 형태로 적을 경우, 알아보기가 어렵다는 것이 그들의 주장이었습니다.

이에 격렬히 반대하는 표음주의파의 주장은 이러했습니다. 세종대왕께서 소리를 반영하여 글자를 만드셨기 때문에 맞춤법 또한 소리를 중심으로 만들어져야 한다고 말이지요. 두 파의 의견은 팽팽히 대립했으나 결국 형태주의파가 승리를 거두었습니다. 그리하여 지금 우리가 쓰고 있는 맞춤법이 자리를 잡게 되었다고 하네요.

시간이 흘러 흘러 88올림픽이 열리던 해에 한글 맞춤법이 개정되었습니다. 미처 자리 잡지 못했던 맞춤법을 형태주의에 입각해 정돈한 것이지요. 그리하여 이전에는 소리 나는 대로 '할께요'라고 쓰던 것을 어법*에 맞게

'할게요'라고 쓰게 되었다고 합니다.

* 한글 맞춤법 제53항. -ㄹ게, -ㄹ걸, -ㄹ세 등의 어미는 예사소리로 적는다.

당시 기사에 따르면 사람들은 맞춤법 개정에 별다른 관심이 없었다고 하는데요. 아무래도 88올림픽이 꿀잼이라 맞춤법 공부에 관심을 가질 겨를이 없지 않았나 생각해 봅니다. 88올림픽이 끝난 지도 오래되었으니 이제는 관심을 가져보면 어떨까요?

[할께요]라고 읽는 건 맞지만 쓸 때는 '할게요'라고 쓰기!

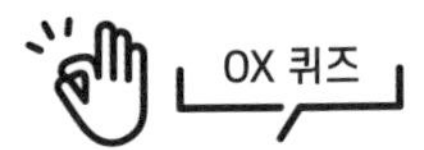

- 방금 사 온 떡도 있지만 엄마에게 등짝을 맞을 수 있으니까 안 먹는 떡으로 만들어볼께요. ( )
- 먼저, 전자레인지에 인절미를 돌려 줄께요. ( )
- 인체에는 무해하겠지만 그래도 먹지는 않도록 할게요. ( )

정답 : X, X, O

65

됨과 댐과 됐과 됐

구독자 100명이 됐어요! 이전 영상들이 잘 안 되서 그만둘까 고민하기도 했었는데.
쪼물이들에게 정말 감사해요!
구독자 100명 감사 영상
조회수 75회
대리대리 100
22
공유
Thanks
클립
저장

외국에서 직장생활을 하는 친구가 하나 있습니다. 그렇게 배낭여행을 다니더니만 결국에는 외국에 정착하게 됐지요. 인생의 절반을 외국에서 산 탓일까요? 그녀의 맞춤법 파괴는 상상을 초월합니다. '탄력'을 '탈력'이라고 쓴다든지 '심호흡'을 '쉼호흡'이라고 쓰는 식이지요. 더욱 놀라운 사실은 그녀의 꿈이 작가라는 사실입니다.

블로그에 글쓰기를 좋아하는 그녀는 틀린 맞춤법이 보일 때마다 지적해 달라고 저에게 부탁했습니다. 합법적(?)으로 훈장 노릇을 할 수 있게 된 저는 그녀의 맞춤법을 신나게 고쳐주었지요. 그러기를 어언 삼 년, 그녀의 맞춤법 실력은 일취월장했습니다. 그녀도 그런 자신을 기특해하며 이제 웬만한 맞춤법은 틀리지 않을 자신이 있다면서도 여전히 '됨, 됌, 됬, 됐'이 헷갈린다고 말했습니다.

- 아니, 그거 진짜 쉬운 건데. 여태까지 백번은 말해 준 듯?

- 몰라. 쓸 때 바로바로 적용이 안 된다니까?

- '되'는 '하'로 대체 가능. '돼'는 '해'로 대체 가능.

그러니까 '되'랑 '돼' 중에 뭘 써야 하는지 헷갈리면 그 자리에 '하'랑 '해'를 넣어서 어느 쪽이 자연스럽게 읽히는지 읽어보면 됨. 이제 됐음?

- 아니, 예를 들어 봐.

- '읽어보면 함'이랑 '읽어보면 햄' 중에 어느 쪽이 자연스러움?

- 읽어보면 함.

- '하'는 '되'랑 바꿔 쓸 수 있으니까 '읽어보면 됨'이 맞음.

- 오오, 하나 더.

- '이제 했음'이랑 '이제 핬음' 중에 어느 쪽이 자연스러움?

- 이제 했음.'해'는 '돼'랑 바꿔 쓸 수 있으니까 '이제 됐음'이 맞겠네?

- ㅇㅇ, 정답.

그녀는 잘 알겠다며 저와의 대화를 마쳤습니다. 그로부터 며칠 후, 그녀의 블로그에 새로운 글이 업로드되었지요. "지금 하는 일은 돈이 안 돼지만 쉽게 그만두지는 못하겠다. 언제나 내 편이 되주는 동료와 때때로 감사

인사를 전해오는 고객이 나에게 큰 힘이 되준다. 오늘따라 지치지만 크게 한번 심호흡하고 다시 힘내야지." 누구 제 친구 블로그에 댓글 좀 달아주실 분?

'되' 대신 '하', '돼' 대신 '해'를 넣어보자!

- 조금 이른 감이 없지 않아 있지만 구독자 애칭을 정해도 돼겠죠? ( )
- 음, 떡을 조물조물하는 영상을 좋아하시니까 제 마음대로 '쪼물이'라고 해도 될까요? ( )
- 이미 제 마음속에서 결정됐지만 혹시나 다른 의견이 있으면 댓글 달아주세요! ( )

정답 : X, O, X

66

때다와 떼다

실시간 채팅

taerryy_anti
다 큰 어른이 먹는 걸로 장난쳐도 되나요?

taerryy_anti
어린이들이 뭘 보고 배우겠어요? 영향력 있는 유튜버로서 모범을 보이셔야죠. 쯧쯧!

당혹스러움에
입을 때기 어렵지만
차근차근 해명할게요.
저는 유튜버를 하기 전
떡집에서 알바를 했었습니다.
이 떡은 그곳에서 받아
온 폐기 떡입니다.

사랑하는 사람과 경치 좋은 숲속으로 캠핑을 가, 장작을 때며 사랑을 속삭여 본 경험, 없으시지요? 네, 저도 없습니다. 사랑하는 사람을 만나는 일도, 장작을 때는 일도, 인생을 살며 쉽게 찾아오지 않는 희귀한 경험이지요. 그리하여 '때다'라는 단어 역시 사용할 일이 거의 없을 거예요. 왜냐하면 **'때다'는 불을 지필 때만 사용하는 말**이거든요.

반면, 모르긴 몰라도 뗀 적은 많을 겁니다. 일단 생후 12개월에 엄마 젖 뗐고요. 9살에 구구단 뗐고요. 강아지 떼어놓고 출근했고요. 덕질하던 아이돌이 사회적 물의를 일으켜서 정 떼본 적 있을 거고, 턱에 붙어 있던 밥알 떼서 먹어본 적 있잖아요. 이처럼 '떼다'의 쓰임은 굉장히 다양하답니다.

두 단어의 쓰임은 이해했는데 철자가 헷갈린다면 '땔감'이라는 단어를 떠올려 보세요. 불을 때는 데 쓰는 재료가 땔감이니 불과 관련된 단어는 '때다'라는 걸 쉽게 연결 지을 수 있겠지요? 그렇지 않은 건 자연히 '떼다'가 될 테고요. 이렇게까지 알려줬는데 모른다고 시치미 떼며 내 마음에 열불 때기 없기!

'때다'는 불을 지필 때만 씀. 나머지는 죄다 '떼다'!

- 저의 해명에 한 치의 거짓이라도 있다면 유튜브에서 손을 떼도록 하겠습니다. (   )
- 제 삶에서 유튜브를 뗄 수 없을 만큼 저는 이 일에 진심입니다. (   )
- 가슴은 아프지만 초보 유튜버 딱지를 때기 위한 성장통으로 받아들이겠습니다. (   )

정답 : O, O, X

67

난도와 난이도

오늘은 난이도가 높은 떡 슬라임을 만들어볼 거예요.
어려우니까 눈 크게 뜨고 잘 보셔야 해요!
고난이도 떡 슬라임!
조회수 29만회
태리태리 1.96천
1.9만
공유
Thanks
클립
저장

언어 천재 조승연 씨는 말했습니다. “영어 단어 하나만 2~3일씩 공부한 적 있는가. 대부분 1시간에 10~20개씩 외우고 책장을 넘기기 바쁘다. 단어 뜻만 살짝 훑고 지나가면 그 단어를 제대로 활용할 수 없다. 표면적인 의미뿐만 아니라 숨은 의미를 파악하기 위한 노력이 중요하다”라고 말이지요. 혹시, 우리는 한글 공부마저 이런 식으로 해왔던 것 아닐까요? 그래서 우리의 어휘력이 이 모양 이 꼴이 된 것은 아닐까요!

지난 세월을 뼈저리게 반성하며 조승연 씨의 말씀에 따라 ‘난이도’라는 단어를 파헤쳐 보도록 합시다. ‘난이도’는 어려움의 정도를 뜻하는 ‘난도’와 쉬움의 정도를 뜻하는 ‘이도’를 합친 말입니다. 즉, **어려움과 쉬움의 정도를 함께 나타내는 말**이지요.

그런데 우리는 그동안 아무런 의심 없이 “문제 난이도가 높아서 시험 망쳤어!”라는 맹한 소리를 해왔던 것입니다. 어려움과 쉬움의 정도가 높아서 시험을 망쳤다는 게 대관절 무슨 소리란 말입니까! 문제가 어려워서 시험을 망쳤다는 이야기를 유식하게 하고 싶었다면 ‘난이도'가 아닌 '난도'라는 단어를 사용해야만 했습니다.

'난이도'라는 말이 틀렸다면 당연히 '고난이도'라는 말도 틀렸겠지요? "왜요?"라고 할 분들이 분명히 계실 것 같아 똑같은 소리를 한 번 더 하겠습니다. "문제가 고난이도라 시험 망쳤어!"라는 말은 어려움과 쉬움의 정도가 무지무지 높아서 시험을 망쳤다는 소리인데 이게 말입니까 방귀입니까! 이러할 경우에는 '고난이도'가 아닌 '고난도'라는 단어를 사용해야만 합니다.

단어의 난도가 높아서 이해하기 어렵다는 목소리가 여기까지 들려오는 듯합니다. 그렇다면 저는 언어 천재 코스프레를 하며 여러분의 뼈를 때려보도록 하겠습니다. 국어 단어 하나만 2~3일씩 공부한 적 있는가! 대부분 대충 읽고 책장을 넘기기 바쁘다! 인정?

'난이도'는 '난도'와 '이도'를 합친 말로 어려움과 쉬움의 정도를 뜻하는 말!

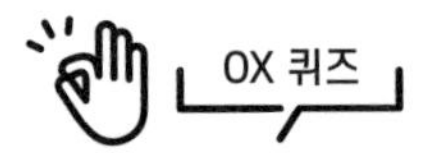

- 고난이도 슬라임이라 다른 채널에서는 본 적 없을 거예요. (　)
- 슬라임을 처음 만들어보신다면 난이도가 쉬운 다른 슬라임부터 시도해 보세요. (　)
- 제작 난도가 높기 때문에 만들다가 실패할 수도 있지만 일단 시작해 볼게요! (　)

정답 : X, X, O

68

예요와 이에요

저번 영상이 인급동에
올랐어요. 쪼물이들
덕이에요.
YOU
최고의
구독자는
쪼물이에요!
고마워요, 쪼물이들!
조회수 12만회
대리대리 9.8천
1.3천
공유
Thanks
클립
저장

수많은 난관을 헤치고 여기까지 오신 여러분을 환영합니다. 긴 여정의 끝답게 맞춤법의 끝판왕을 준비해 보았습니다. 그만큼 정복하기는 쉽지 않겠지만 좌절할 필요는 없습니다. 맞춤법깨나 잘 지킨다는 사람조차도 이 맞춤법 앞에서 맥을 추리지 못하는 모습을 많이 보았습니다. 정신 단단히 붙잡으시고 본론으로 들어가 봅시다.

기본 원칙은 간단합니다. 일단, 받침이 있는 말 뒤에는 '이에요'가 옵니다. 대학생이에요, 회사원이에요, 아직 준비 중이에요. 이런 식으로 말이지요. 받침이 없는 말 뒤에는 '예요'가 옵니다. 백수예요, 유튜버예요, 한마디로 논다는 소리예요. 이런 식으로 말입니다.

이름을 말할 때도 원칙은 변하지 않지만 한 가지 주의하셔야 할 점이 있습니다. 제 이름인 '주윤'으로 예를 들어 설명을 드리자면, 받침이 있는 말이니까 '주윤이에요'라고 해야 할 것 같지만 '주윤이예요'가 정답입니다. 왜냐하면 '주윤이'를 한 덩어리로 보기 때문입니다. 문장을 쪼개 보자면 '주윤이+예요'로 구성되어 있다는 이야기입니다. 너무 어렵게 느껴진다면 그냥 **이름 뒤에는**

'예요'가 따라붙는다고 생각해도 괜찮겠습니다.

자, 어렵지요? 네, 저도 잘 알고 있습니다. 이 맞춤법 앞에서 맥을 추리지 못하는, 맞춤법깨나 잘 지키는 사람이 바로 저이기 때문입니다. 글로 밥 벌어 먹고사는 저도 이런데 여러분은 오죽하실까요. 맞춤법을 정복하는 그날까지, 우리 같이 힘내 보자고요!

받침이 있는 말 뒤에는 '이에요', 받침이 없는 말과 이름 뒤에는 '예요'!

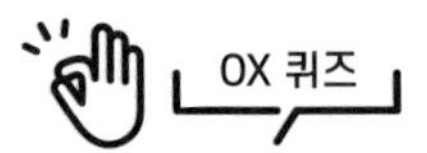

- 유튜브 하기 잘했다는 생각이 드는 하루에요. (　　)
- 수익 창출이 되면 떡집 사장님에게 맛있는 식사를 대접할 거예요. (　　)
- 그리고 수제 슬라임 선물도 미리 준비했는데요. 이 선물을 받아보실 분은 다름 아닌 쪼물이예요! (　　)

정답 : X, O, O

69

치중하다와 취중하다

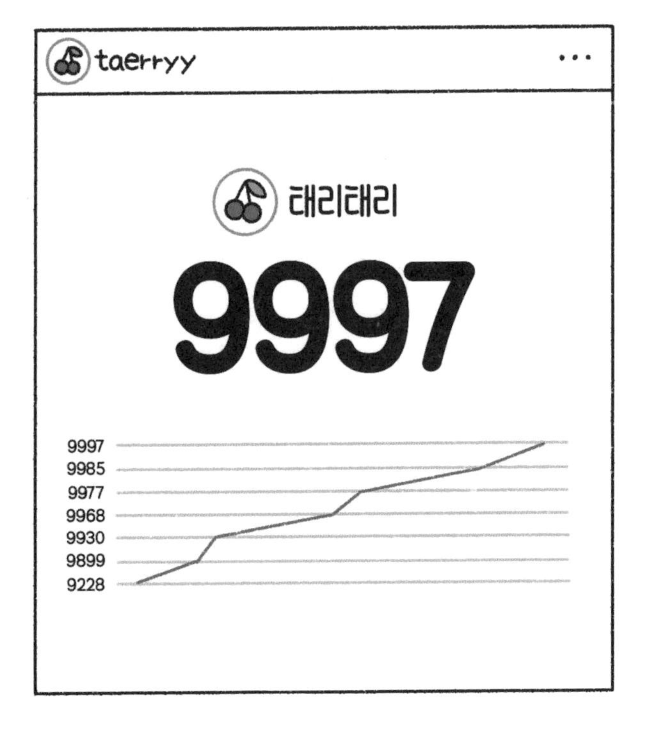

taerryy 인급동에 오른 후 구독자 떡상! 잘했다고 칭찬받는 것 같아서 자꾸만 울컥한다. 만 명 되는 순간 캡처하고 싶어서 몇 시간 전부터 기다리는데 절대 안 오르네. 구독자 수에 취중하면 안 되는데. 😂

leeeeeeejune 술 마셨냐?

taerryy 안 마셨는데?

leeeeeeejune 맨정신이라면 저렇게 쓸 수 없을 것 같아서.

taerryy 너무 감성적이었나?

- **치중하다(O) 치중(O)**

  앞으로 떡 슬라임 영상에 더욱 치중해야겠어.

- **취중하다(X) 취중(O)**

  취중에는 헛소리할까 봐 인스타에 글 절대 안 올려.

70

눈에 띄다와 눈에 띠다

띄다 ❶ (무엇이 눈에) 보이거나 들어오다, 알 만하게 두드러지다.

- 공원 벤치 여기저기에서 다정한 연인들의 모습이 눈에 띄었다.

❷ (귀나 눈에) 잘 들리게 되거나 솔깃해지다.

- 내기를 하자는 그의 말에 나는 귀가 번쩍 띄었다.

띠다 ❶ 용무나 직책, 사명 따위를 지니다.

- 중대한 임무를 띠다.

❷ 빛깔이나 색채 따위를 가지다.

- 붉은빛을 띤 장미.

❸ 감정이나 기운, 어떤 성질을 가지다.

- 노기를 띤 얼굴.
- 보수적 성격을 띠다.

- 눈에 띄다(O)

  태리의 영상이 삼립 마케팅 팀장의 눈에 띄어 선물로 삼립 호빵 한 박스를 선물받았다.

- 눈에 띠다 (X) 빛깔, 감정 등을 띠다 (O)

  주홍빛을 띤 피자 호빵을 한입 베어 문 태리가 입가에 미소를 띠었다.

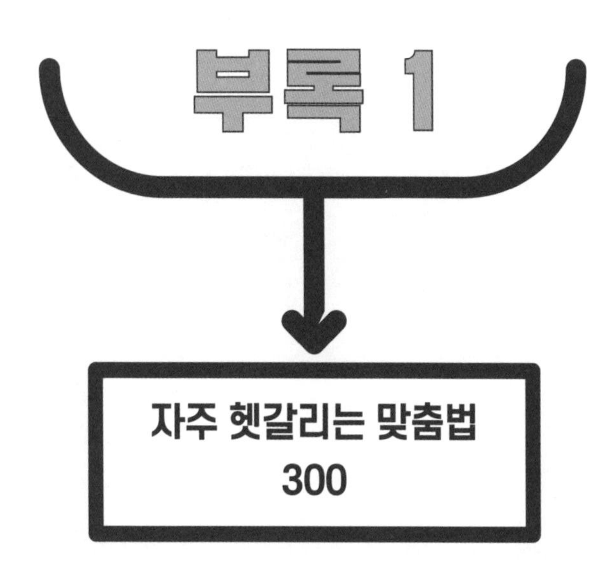

부록 1

자주 헷갈리는 맞춤법 300

O	X	O	X
가냘프다	갸냘프다	**까무러치다**	까무라치다
가르마	가름마	**깍두기**	깍뚜기
간절히	간절이	**깎다**	깍다
간질이다	간지르다	**꺼메지다**	꺼매지다
갈가리	갈갈이	**꺾다**	꺽다
갈겨쓰다	날려쓰다	**꿰매다**	꿰메다
강소주	깡소주	**끼어들다**	끼여들다
개방정	깨방정	**나지막이**	나즈막히
개수	갯수	**날갯짓**	날개짓
걱정거리	걱정꺼리	**날름**	낼름
건넛마을	건넌마을	**날염**	나염
건네다	건내다	**내로라하다**	내노라하다
걸쭉하다	걸죽하다	**내리깔다**	내려깔다
겨레	겨례	**널따랗다**	넓다랗다
결딴나다	결단나다	**널브러뜨리다**	널부러뜨리다
고스란히	고스란이	**널빤지**	널판지
골똘히	골똘이	**넓적다리**	넙적다리
골칫거리	골치거리	**네댓**	너댓
곰곰이	곰곰히	**놈팡이**	놈팽이
곱빼기	곱배기	**농지거리**	농지꺼리

O	X
괄시	괄세
괜스레	괜시리
괴나리봇짐	개나리봇짐
구레나룻	구렛나루
구시렁거리다	궁시렁거리다
굳이	구지
귀띔	귀뜸
금세	금새
기다랗게	길다랗게
깊숙이	깊숙히
다디달다	달디달다
단단히	단단이
단말마	단발마
단출하다	단촐하다
담그다	담구다
당기다	땡기다
당최	당췌
대증요법	대중요법
덤터기	덤테기
도떼기시장	돗데기시장

O	X
뇌졸중	뇌졸증
누누이	누누히
눈곱	눈꼽
눈살	눈쌀
눌어붙다	눌러붙다
느지막이	느즈막이
늘그막	늙으막
늘	늘상
늦깎이	늦깍이
다달이	달달이
만둣국	만두국
맛보기	맛배기
맞추다	마추다
매달리다	메달리다
맥쩍다	맥적다
머리끄덩이	머리끄댕이
머리말	머릿말
멀찍이	멀찌기
메밀국수	모밀국수
메치기	매치기

O	X
도롱뇽	도룡뇽
돈가스	돈까스
돋치다	돋히다
돌멩이	돌맹이
동고동락	동거동락
되뇌다	되뇌이다
되레	되려
두리뭉실하다	두리뭉술하다
뒤뜰	뒷뜰
뒤치다꺼리	뒤치닥거리
뒤탈	뒷탈
뒤태	뒷태
뒤풀이	뒷풀이
따뜻이	따뜻히
딸내미	딸래미
떡볶이	떡뽁이
뜨뜻미지근하다	뜨뜨미지근하다
띄어쓰기	띄워쓰기
마구간	마굿간
막냇동생	막내동생

O	X
모꼬지	목거지
모둠	모듬
몰아붙이다	몰아부치다
몸져눕다	몸저눕다
무르팍	무릎팍
문외한	문외안
뭉개다	뭉게다
미끄러지다	미끌어지다
밀어붙이다	밀어부치다
밑동	밑둥
바뀌었다	바꼈다
바둥거리다	바등거리다
방방곡곡	방방곳곳
밭뙈기	밭때기
배필	베필
백지장	백짓장
뱃멀미	배멀미
벌그죽죽하다	벌거죽죽하다
벚꽃	벗꽃
베개	배개

O	X
베갯잇	베갯잎
베끼다	배끼다
별의별	별에별
보로통하다	보루통하다
복불복	복걸복
복슬복슬하다	복실복실하다
부기	붓기
부서뜨리다	부숴뜨리다
북엇국	북어국
불현듯	불연듯
비로소	비로서
비비다	부비다
빈털터리	빈털털이
뻐꾸기	뻐꾹이
사달	사단
상판대기	상판때기
샅샅이	샅샅히
새벽녘	새벽녁
새침데기	새침떼기
샛별	새벽별

O	X
수군거리다	수근거리다
수놈	숫놈
숙맥	쑥맥
스멀스멀	스물스물
승낙	승락
시끌벅적	시끌벅쩍
시뻘게지다	시뻘개지다
시뿌예지다	시뿌얘지다
시시덕거리다	히히덕거리다
싫증	실증
심술딱지	심술머리
심혈	심여
십상	쉽상
쌔다	쎄다
쐬다	쐐다
쑥스럽다	쑥쓰럽다
쓰레받기	쓰레받이
아등바등	아둥바둥
아지랑이	아지랭이
안성맞춤	안성마춤

O	X
생뚱맞다	쌩뚱맞다
생존율	생존률
설거지	설겆이
설레다	설레이다
섬찟섬찟하다	섬짓섬짓하다
섭섭하다	섭하다
세배	새배
속속들이	속속이
송골송골	송글송글
송두리째	송두리채
어쨌든	어쨋든
어쭙잖다	어줍잖다
어휘량	어휘양
얼룩빼기	얼룩배기
얽매이다	얽메이다
얽히고설키다	얽히고섥히다
엉겁결	엉겹결
엉큼하다	응큼하다
에두르다	애두르다
엔간히	앵간히

O	X
아리송하다	아리까리하다
알아맞히다	알아맞추다
알은체	아는체
애걔	애개
애당초	애시당초
야트막하다	얕트막하다
얄따랗다	얇다랗다
얄팍하다	얇팍하다
어깻죽지	어깨죽지
어물쩍	어물쩡
이마빼기	이마배기
이상스럽다	요상스럽다
이직률	이직율
이파리	잎파리
인사말	인삿말
일가견	일각연
일부러	일부로
일사불란	일사분란
일일이	일일히
일찍이	일찌기

O	X
여드레	여드래
여태껏	여지껏
역할	역활
열어젖히다	열어제치다
오글거리다	오골거리다
오뚝이	오뚜기
오이소박이	오이소배기
오지랖	오지랍
옴짝달싹	옴싹달싹
왜소하다	외소하다
외골수	외곬수
우레	우뢰
우려먹다	울궈먹다
우유갑	우유곽
욱여넣다	우겨넣다
웃어른	윗어른
위층	윗층
유도신문	유도심문
으레	으례
으스대다	으시대다

O	X
자투리	짜투리
잗다랗다	잘다랗다
잘리다	짤리다
장딴지	장단지
장롱	장농
장맛비	장마비
재떨이	재털이
재작년	제작년
저지르다	저질르다
전셋집	전세집
절다	쩔다
절체절명	절대절명
접질리다	접지르다
정나미	정내미
조그마하다	조그만하다
조무래기	조무라기
좁다랗다	좁따랗다
주꾸미	쭈꾸미
주야장천	주구장창
주첫덩어리	주첫바가지

O	X	O	X
지르밟다	즈려밟다	퀴퀴하다	퀘퀘하다
짓궂다	짓궃다	투표율	투표률
짜깁기	짜집기	틈틈이	틈틈히
짝짜꿍	짝짝꿍	파투	파토
짤따랗다	짧다랗다	포복절도	포복졸도
짬짬이	짬짬히	폭발	폭팔
짭조름하다	짭쪼름하다	푸르뎅뎅하다	푸르딩딩하다
쩨쩨하다	째째하다	풀숲	풀섭
찝찍대다	찝적대다	하마터면	하마트면
차돌박이	차돌배기	함부로	함부러
차출하다	착출하다	해님	햇님
창난젓	창란젓	해코지	해꼬지
창피하다	챙피하다	핼쑥하다	핼쓱하다
처박다	쳐박다	헤매다	헤메다
천정부지	천장부지	혈혈단신	홀홀단신
천편일률	천편인률	혼꾸멍나다	혼구멍나다
첫새벽	신새벽	혼잣말	혼자말
청취율	청취률	화병	홧병
체불	채불	화젯거리	화제거리
초주검	초죽음	환골탈태	환골탈퇴

O	X
촉촉이	촉촉히
추스르다	추스리다
치고받다	치고박다
치근덕거리다	추근덕거리다
치르다	치루다
칠흑	칠흙
카디건	가디건
케케묵다	캐캐묵다
켕기다	캥기다
콧방울	콧망울

O	X
황당무계하다	황당무개하다
회까닥	해까닥
후유증	휴유증
훼손	회손
휘둥그레지다	휘둥그래지다
휴게소	휴개소
흐리멍덩하다	흐리멍텅하다
흐뭇하다	흐믓하다
흙빛	흑빛
희한하다	희안하다

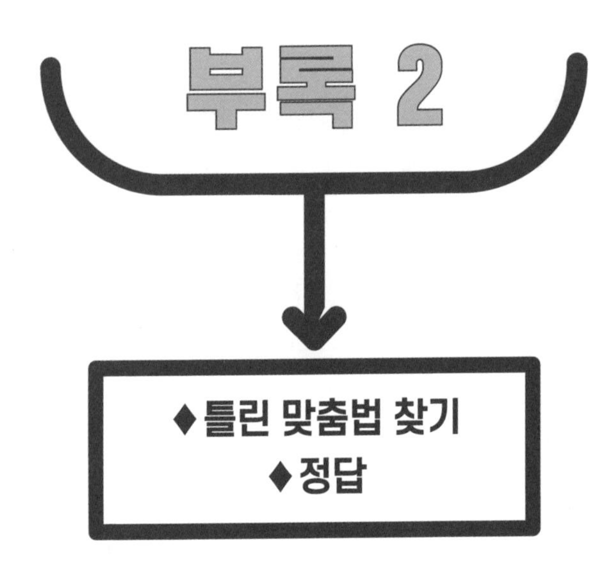
부록 2
♦틀린 맞춤법 찾기
♦정답

태리가 어떡해 지내는지 궁금하시지요? 이 지면을 빌어 소식을 전해드릴게요. 태리가 채널에 성장을 위해 겨땀 나게 노력하던 중 쯔양에게 DM이 왔습니다. 본인의 채널에 출현해 먹방용 떡 슬라임을 만들어줄 수 있느냐 물었지요. 그녀는 남들과 틀린 먹방을 원했습니다. 나처럼 시덥잖은 유튜버에게 이런 기회가! 이게 왼 떡이야! "쯔양 님, 팬이예요. 무조건 할께요. 저가 조만간 찾아 뵙겠습니다!" 합방을 성공리에 마친 태리의 채널은 급성장했습니다.

실버 버튼을 갖은 태리는 지난날을 회상했습니다. 부끄러움을 무릎쓰고 호객을 했던 일, 온갖 닥달과 가오캥이를 견디며 회사를 다녔던 일, 엄한 남자 배우를 임신설에 시달리게 해 무리를 일으켰던 일. 잃어버리고 싶었던 과거가 여기까지 오기 위해 반듯이 겪어야만 하는 과정이었다는 걸 깨닫게 됐습니다. '어떻게 이런 기특한 생각이 듬? 완전 어른스러움!' 사회 초년생 딱지를 때고 진정한 어른으로 거듭난 기분이 들었습니다.

하지만 유명인으로써의 삶은 난이도 높았습니다. 구독자가 집으로 찾아와 사생활 치매를 당하기도 하고, 일해라 절해라 하는 댓글에 휘둘리기도 했으며, 영상을 편집하느라 밤을 새는 일도 비일비재했지요. 급기야 스트레스로 머리카락이 한 웅큼 빠져 원형 탈모가 생겼습니다. 병원에도 다녀 보았지만 쉽게 낳지 않았습니다. 태리는 인기를 쫓는 삶에 회의를 느꼈습니다. '망하던 말던 될 대로 되라!' 몇일간 고민한 끝에 한참 잘나가는 유튜브를 접고 휴식을 갖기로 했지요.

태리는 배낭을 매고 여행을 떠났습니다. 머리에 꽃을 꼽고 춤도 춰보고 산봉오리에 올라 소리도 질러보았습니다. 그러나 심난하기는 마찬가지였지요. 그때, 멘토로 삶는 쯔양에게서 연락이 왔습니다. '다르미 아니라 잘 지내시는지 안부 엿줘요. 이런 말씀 신뢰일 수도 있지만 누구나 슬럼프를 겪는답니다. 권투를 빌어요!' 진심 어린 격려에 눈물이 흘렀습니다. 그런 자신의 모습을 카메라에 담던 태리는 스스로가 어쩔 수 없는 관종이라는 사실을 받아들였습니다.

소근소근 혼잣말을 되뇌던 태리가 무엇인가 결심한 듯 자리에서 벌떡 일어나더니만 주먹을 불끈 쥐고 외쳤습니다. "눈에 띄는 콘텐츠가 무엇인지는 알아. 하지만 정답을 맞추지는 않을래. 인기에 취중하는 대신 내가 좋아하는 걸 지양하며 영상을 만들어보는 거야!" 태리의 사기충전한 목소리가 온 세상에 울려 퍼졌습니다. 휑하기만 했던 태리의 맴통에 보드라운 머리카락이 자라나기 시작했습니다.

(정답)

태리가 어떻게 지내는지 궁금하시지요? 이 지면을 빌려 소식을 전해드릴게요. 태리가 채널의 성장을 위해 결땀 나게 노력하던 중 쯔양에게 DM이 왔습니다. 본인의 채널에 출연해 먹방용 떡 슬라임을 만들어줄 수 있느냐 물었지요. 그녀는 남들과 다른 먹방을 원했습니다. 나처럼 시답잖은 유튜버에게 이런 기회가! 이게 웬 떡이야! "쯔양 님, 팬이에요. 무조건 할게요. 제가 조만간 찾아 뵙겠습니다!" 합방을 성공리에 마친 태리의 채널은 급성장했습니다.

실버 버튼을 가진 태리는 지난날을 회상했습니다. 부끄러움을 무릅쓰고 호객을 했던 일, 온갖 닦달과 가혹행위를 견디며 회사를 다녔던 일, 애먼 남자 배우를 임신설에 시달리게 해 물의를 일으켰던 일. 잊어버리고 싶었던 과거가 여기까지 오기 위해 반드시 겪어야만 하는 과정이었다는 걸 깨닫게 됐습니다. '어떻게 이런 기특한 생각이 듦? 완전 어른스러움!' 사회 초년생 딱지를 떼고 진정한 어른으로 거듭난 기분이 들었습니다.

하지만 유명인으로서의 삶은 난도가 높았습니다. 구독자가 집으로 찾아와 사생활 침해를 당하기도 하고, 이래라저래라 하는 댓글에 휘둘리기도 했으며, 영상을 편집하느라 밤을 새우는 일도 비일비재했지요. 급기야 스트레스로 머리카락이 한 움큼 빠져 원형 탈모가 생겼습니다. 병원에도 다녀 보았지만 쉽게 낫지 않았습니다. 태리는 인기를 좇는 삶에 회의를 느꼈습니다. '망하든 말든 될 대로 돼라!' 며칠간 고민한 끝에 한창 잘나가는 유튜브를 접고 휴식을 갖기로 했지요.

태리는 배낭을 메고 여행을 떠났습니다. 머리에 꽃을 꽂고 춤도 춰보고 산봉우리에 올라 소리도 질러보았습니다. 그러나 심란하기는 마찬가지였지요. 그때, 멘토로 삼는 쯔양에게서 연락이 왔습니다. '다름이 아니라 잘 지내시는지 안부 여쭤요. 이런 말씀 실례일 수도 있지만 누구나 슬럼프를 겪는답니다. 건투를 빌어요!' 진심 어린 격려에 눈물이 흘렀습니다. 그런 자신의 모습을 카메라에 담던 태리는 스스로가 어쩔 수 없는 관종이라는 사실을 받아들였습니다.

소곤소곤 혼잣말을 되뇌던 태리가 무엇인가 결심한 듯 자리에서 벌떡 일어나더니만 주먹을 불끈 쥐고 외쳤습니다. "눈에 띄는 콘텐츠가 무엇인지는 알아. 하지만 정답을 맞히지는 않을래. 인기에 치중하는 대신 내가 좋아하는 걸 지향하며 영상을 만들어보는 거야!" 태리의 사기충천한 목소리가 온 세상에 울려 퍼졌습니다. 휑하기만 했던 태리의 맴통에 보드라운 머리카락이 자라나기 시작했습니다.

요즘 어른을 위한 최소한의 맞춤법

초판 1쇄 발행 2023년 3월 27일
초판 13쇄 발행 2024년 9월 3일

지은이 이주윤
펴낸이 이경희

펴낸곳 빅피시
출판등록 2021년 4월 6일 제2021-000115호
주소 서울시 마포구 월드컵북로 402, KGIT 19층 1906호

ISBN 979-11-91825-84-8 03800